로 드 엘멜로이 II세의 사건부

6

「case.아틀라스의 계약(상)」

산다 마코토

일러스트 사카모토 미네지

그레이의 어머니

그레이…「블랙모아의 묘지」를 지키는 묘지기 마을의 성손(聖孫)

일루미아…마을 교회의 수녀

벨사크…「블랙모아의 묘지」를 지키는 묘지기

페르난도…마을 교회의 사제

Characters Lord El-Melloi II Case files

라이네스 엘멜로이 아치조르테 : 엘멜로이 가문 차기 당주 로드 엘멜로이의 의붓여동생

로드 엘멜로이 2세 : 시계탑 현대마술과 군주

"좋아."

라이네스가 끄덕였다.

그리고 감회 어린 말투로 중얼거렸다.

"언젠가 네가 그런 말을 꺼낼 줄 알았지. 이건 예상이라기보다 소망이었지만."

조금 난처해 하는 분위기지만, 내 착각이 아니라면 왠지 다정한 어조였다.

"그럼 잠시 나의── 라이네스 엘멜로이 아치조르테의 입으로 말해볼까?
너와 오라비가 만나기 전의 이야기를."

──서장에서

로드 엘멜로이 II세의 사건부

6

「case. 아틀라스의 계약(상)」

Lord El-Melloi
II
Case Files

로 드
엘 멜 로 이
II 세 의
사 건 부

6 「case. 아틀라스의 계약(상)」

목차 Contents

교실은 여느 때처럼 떠들썩했다.

현대마술과가 소유한 곳 중에서도 유달리 오래된 강당이 널리지었다. 계단식 부채꼴 강당으로, 자리는 상당수 차 있었다. 원래 엘멜로이 교실은 열 명 남짓한 작은 인원으로 수업을 한다는데, 청강생들로 항상 그 세 배는 채운다.

마술사가 과학을 싫어하긴 해도 일단 중앙집중식 난방도 갖추어져 있어 옥내 온도는 약간 따뜻하다. 평범한 대학과의 차이는 끽해야 벽에 바른 밀랍의 은은한 향기 정도일 것이다.

물론 현대마술과에서도 연구동 및 훈련실은 전혀 딴판이며, 제1과나 개체기초과미스테르의 솔로네아대교실에 이르면 냉난방도 순수한 마술로 충당한다고 한다. 그 결과 매달 한 자릿수 이상

차이 나는 금액을 소비한다고도 하고.

허영에는 돈이 들기 마련이란 말은 누가 했을까.

"…………."

아무튼, 콧구멍을 스치는 꿀 냄새는 좋아했다. 상근강사 중 한 명이 매일 아침 계절과 날씨에 맞은 냄새를 고르고 있다. 집중력이 향상되는 효과가 있다고 한다. 한 번 감사를 표하러 간 적이 있는데, "꿀은 벌과 꽃의 공로, 약은 풀의 공로야."하고 쌀쌀맞게 내쫓기고 말았다.

'……지금이라면 그래도 고맙다고 할 수 있으려나.'

당시에는 갓 런던에 온 차라 다른 사람과 대화할 일은 거의 없었다.

그래서 외톨이인 나를 위로해주는 향기가 정말 고마웠다. 강사에게 그런 의도는 없었어도 내 마음이 훈훈해졌으니 최소한 감사나마 전하고 싶었는데…….

그런 회상에 잠기다가 눈길을 되돌렸다.

마침 리포트 제출일이기도 해서 수업 중반부터는 정식 수강생들이 한 명씩 앞으로 나가 스승님의 강평을 받고 있었다.

"지난 학기보다 현격히 진보했어. 그 상태로 한 번 더 매진하도록."

"흥. 참 멀리도 돌아왔군. 카발라라고 뭉뚱그려도 마술 기반은 여럿 있네. 이번 건 아비케브론이 개발한 게 적절했어. 앞으로는 처음부터 마나학 쪽도 주의해 보게."

"그래. 학점을 이수하기엔 충분한 리포트군. 다음부터는 과제를 바꿔보지. 다소 어렵겠지만 광석 측면에서 치고 나가 보면 어떨까. 필요하다면 광석과하고 다리를 놔 주겠네. 그 때문에 이쪽 강의가 소홀해진다면 본말전도지만 하는 걸 보니 충분히 양립도 할 수 있겠는걸."

뜻밖일지도 모르지만, 한 마디 한 마디에 배려가 엿보였다.

학생 쪽도 느끼는지 좀 따끔한 말을 들어도 풀 죽는 사람은 없다. 저마다 분발하기도 하고 차후 목표를 깨닫기도 하고. 이름 쟁쟁한 엘멜로이 교실의 토대는 이런 구석에 있는 것이리라.

그러나 물론 온건한 대화만 있지는 않다.

"플랫! 리포트 완성도는 넘어가더라도, 또 이수 과목이 틀렸다만!"

"그러니까 스빈, 대항심에 같은 실수를 하려고 들지 마! 추가시험 문제를 고민할 사람은 나란 말이다!"

그런 외침 또한 부채꼴 강당에 울려 퍼졌다.

그때마다 변명이니 노성이니 마술 같은 게 터져 나오고, 천연덕스레 교실에 돌아와 있던 이베트나 지극히 성실하게 공부하는 카울레스도 저마다 끌어들였다 끌려갔다 반복했다.

'……왠지, 두근거리네.'

나는 강당 구석에 다소곳이 앉아 가슴을 부여잡고 있었다. 이번에는 나 역시 리포트를 제출한 만큼 스승님의 말이

낯간지러웠다.

이 자리에 안 어울리는 건 안다.

나는 마술사가 아니다. 그냥 스승님의 입실제자다. 몇 가지 우연이 얽히고설킨 결과, 어쩌다 이 자리에 있도록 허락받았을 뿐이다. 아주 잘 알지만, 그래도 내가 교실의 일원이라는 사실이 신기할 만큼 가슴에 사무쳤다.

절로 착각이 인다.

이곳에 당분간 더 있어도 되지 않느냐고.

그런 감정을 곱씹던 중에, 갑자기 귀에 익은 단어가 강당에 울렸다.

"그레이."

"……네, 넷!"

긴장과 함께 일어섰다.

계단을 내려가 눈앞까지 가자 스승님은 손등으로 리포트 표지를 툭 두드렸다.

"우선 리포트 형식이 틀렸어. 주제가 통일되지 않아서 너무 산만해. 전제되는 카발라의 자료도 이해가 부족하고. 애초에 자료 간의 궁합을 고려하지 않았지? 다른 유파의 자료를 채용한 바람에 전반과 후반의 논리가 모순을 일으켰어. 시계탑에선 사서더러 확인해달라고만 해도 8할가량은 막을 수 있는 문제야. 앞으로 주의하게."

"……죄, 죄송합니다."

시무룩하니 고개 숙였다.

나 자신도 무언가 이상하다고는 싶었는데 사서에게 묻는 건 생각도 못했다. 듣고 보니 당연한데 왜 깨닫지 못했는지.

"……다만."

스승님이 덧붙였다.

"부록에 있던 사령술 주변 고찰에는 단편적이지만 주목할 내용이 실려 있더군. 육체·정신·혼 세 요소 저마다의 죽음을 찾는 건 기본이지만, 체감적인 접근 방식이 재미있어. 충분히 심사한 뒤에 자네에게 문제가 없으면 내 논문에 인용해도 되겠나? 물론 이름은 병기하겠네만."

"무, 물론이죠!"

"고맙군. 심사할 때와 내 논문을 집필할 때에는 별도로 연락하지. ——그럼 다음, 이베트 L. 레이먼."

마치 아무 일도 없었던 것처럼 이어서 마안 소녀의 이름을 불렀다.

안대 소녀는 "네네, 소문 자자한 애첩 지망생이랍니다." 하고 교실에 어필해서 몇 명의 강렬한 야유를 받았다. 그녀를 배웅하며 나는 어수선한 기분으로 제 자리로 돌아왔다.

그 뒤로도 스승님은 거침없이 학생들의 리포트를 채점했다.

지금까지와 비슷하게—— 혹은 지금까지보다 더 정력적으로 강의에 매진하고 있었다. 연말의 부상 따위는 진즉에

다 나았다고 주장하는 모양새다. 실제로 몸에 난 상처는 아물었을 것이다. 명색이 군주 축에는 끼니 치료용 마술이 부족할 일은 없다. 지난 사건에서 퇴원한 뒤에도 만에 하나 후유증이 남지 않게 진찰하게 해달라며 여러 제자가 줄기차게 제의했을 정도다. 스승님은 모두 거절했지만, 목발을 짚으면서 살짝 흐뭇해하는 눈치였던 기억이 난다.

'……하지만.'

정신(마음)은, 어떨까.

지난번 사건은 스승님의 내면을 너무나도 깊게 후벼 팠다. 여태까지는 어디까지나 타인의 사건에 말려들었을 뿐이었지만 이번에는 다름 아닌 스승님이 표적이던 사건이었다. 그렇기에 무슨 영향을 끼쳤는지 상상이 가지 않아 나도 심히 개운치 못한 시간을 보내고 있었다.

그러던 가운데.

"그레이, 축하해!"

느닷없이 뒷자리에서 금발 소년이 몸을 쭉 내밀고 손을 흔들었다.

"플랫…… 씨."

하얀 이를 빛낸 소년은 먼저 리포트 강평을 받은 플랫 에스카르도스였다. 엘멜로이 교실 내에서도 이토록 눈에 띄는 상대는 거의 없다.

"대단하던데! 교수님이 자기 논문에 채용하고 싶다는 말은 좀처럼 못 들어!"

"아, 아뇨. 소제(小弟)의 고향에서 배운 지식이 어쩌다 관심을 받았을 뿐이니까요."

"그렇더라도 대단하지! 그레이는 여기에 온 지 아직 반년 남짓이잖아. 내가 교수님한테 처음 리포트 제출했을 때는 진짜 기필코 눈길을 끌고 싶어서 말이지. 웬만한 거라면 교수님은 여러 번 봤을 게 틀림없다. 지금은 질보다 양이라고 크게 마음먹고 시계탑을 온통 들쑤시며 박쥐 눈알이니 분뇨 같은 걸 골판지 박스 가득 준비했는데, 왠지 된통 혼났단 말이야!"

기운차게 강당에 상자를 들고 오는 소년의 모습이 눈에 선했다. 의기양양하게 한쪽 눈을 찡긋하며 코밑을 쓱 문지르고 있으면 더더욱 그럴싸할 것 같다.

"그때는 코가 삐뚤어지는 줄 알았다. ──어, 아, 잠깐 비겁해! 나도그레이땅하고말좀하자해야마땅해즉각거기서비켜비켜야마땅해안비켰다간!"

"아, 르 시앙."

"르 시앙이라고 부르지 마!"

같은 금발이라도 곱슬머리인 소년이 쓰윽 하고 자리를 밀며 덤벼들었다.

스빈 글라슈에이트. 플랫과 나란히 현역 세대의 쌍벽이라 불리는 인물이다. 야성미 있는 생김새는 여학생에게 인기가 좋다고 한다. 나야 잘 모르겠지만 확실히 둘 다 번듯하게 생겼다.

물론 그것도 둘의 충돌이 없을 때 얘기일 것이다.

"어, 그치만 르 시앙은 르 시앙이잖아! 아, 혹시 그레이의 땀이라도 맡고 싶었어? 근데 교수님이 가까이 가면 안 된다고 그랬고……좋아. 그렇다면 내 냄새를 맡아 봐! 자, 실컷!"

"오냐, 알았다. 역시 불구대천의 원수렷다, 플랫!"

마력이 소년의 손에 발톱과 같은 형상을 이루었다.

플랫이 쐐액 울부짖은 발톱의 궤적 밖으로 놀라운 속도로 탈출했다.

"아하하! 전에 토코 씨한테 당해서 자동행동 시스템 짜 봤거든. 내 의지를 무시하고 강화의 요령으로 마력만 가지고 신경을 움직이지. 옛날에 해본 게임 중에 사전 프로그램만으로 로봇을 움직이는 게 있기에, 거기서 아이디어를 얻어—— 아얏!"

나불나불 떠들면서 회피하던 플랫이 뒤쪽 의자에 뒤통수를 호되게 찧었다.

"아, 파파파……. 환경설정은 아직 정밀성이 부족한가."

아파하면서도 몸을 일으킨 플랫의 손가락이 마탄(魔彈)을 사출.

스빈의 어깨 근처에서 터지고 강당에 예쁜 무지개와 비슷한 고리를 만들었다.

"와, 대단해! 르 시앙, 또 대마력(對魔力) 올랐구나!"

"시끄러워. 여기서 끝장을 내겠다!"

마치 아메리칸 코믹스의 히어로처럼 스빈의 두 손에 마력의 발톱이 나고———.

"저 둘을 제지하기를 요청하마."

강당의 강사석에서 엄숙한 목소리가 날아왔다.

"……저 둘을 막은 녀석에겐 1학점 수여, 어시스트에 공헌한 사람에겐 리포트 면제, 또는 개인 교습을 한 시간 준비하지. 이번엔 청강생의 참가도 인정한다."

싸늘하기 그지없는 스승님의 말과 함께 뜨거운 환성이 일었다. 곧바로 둘을 에워싼 카울레스의 전기 마술과 이베트의 마안, 불과 얼음으로 『변화』시킨 차크람 및 나이프, 그 외 원소 마술에 룬 마술, 흑마술 등 미쳐 날뛰는 폭풍우처럼 마술의 회오리가 눈 깜빡할 새에 두 사람에게 맞섰다.

플랫과 스빈은 교실의 쌍벽이지만 주위도 결코 잠자코 지켜보고만 있는 게 아니다. 정열로 넘치는 마술사들이 기회만 나면 그 자리를 쟁취하겠다고 눈을 번뜩이고 있다. 청강생들조차 예외가 아니다. 그렇기에 이 자리가 이렇게나 들끓는 것이다.

평소하고 너무나 다를 바가 없는, 엘멜로이 교실의 일상.

가슴이 먹먹해질 만큼.

"———왜 그러지? 그레이."

스승님이 학생들에게 지시를 내리면서 옆에 다가왔다.

낯을 찌푸리고 있는 건 물적 피해가 나오지 않게 주의를 기울이는 중이기 때문일 것이다. 이런 상황도 고려해서 다른 교실보다 더 튼튼하게 지은 모양이지만 그렇다고 망가진 물건을 척척 채워 넣을 만큼 현대마술과는 유복하지 않다……기보다는, 스승님 성품 때문이겠지만.

"아까부터 표정이 침울하던데. 리포트 문제라면 처음엔 다 그런 법이야. 학점은 못 주지만 충분히 급제점이다."

"앗, 아뇨. 그런 건 아니라."

못 버티겠다.

도저히 정면으로 바라볼 수가 없다. 아까 강평 때는 견뎠지만, 지금은.

바로 그 순간, 수업 종료를 알리는 종이 울었다.

"죄, 죄송해요. 다음에 다시 뵐게요! 먼저 실례하겠습니다!"

나는 고개를 꾸벅이고 강당을 총총히 떠났다.

*

학술동 밖으로 나오자 쌀쌀한 바람이 볼을 어루만졌다.

뜻밖일지도 모르지만 런던의 겨울은 그리 춥지 않다. 하늘은 흐리고 해가 나는 시간이야 짧지만, 편서풍 및 멕시코

만에서 오는 난류 영향도 있어 최저 기온이 영하로 떨어질 때는 드물기 때문이다. 그래도 후드 속으로 바람이 직격하면 생각지도 못한 추위에 놀라기 마련이다. 무심코 긴장을 풀려던 내 마음을 다잡게 하는, 겨울 요정의 손길과도 비슷한 추위.

나는 손끝에 입김을 불고 슬러 거리로부터 걸어 나왔다.

일부러 천천히 걸어도 기껏해야 10분 정도.

가까운 구역에 있는 근사한 저택이었다.

썩 넓진 않아도 손질이 잘 된 마당이 인상적이었다. 넝쿨이 얽힌 고풍스러운 벽돌로 지은 벽에, 비늘 모양 지붕은 뭔가 동화 같았다. 실제로 마술사가 사는 곳이니 꼭 틀린 말은 아닐 것이다.

여느 때와 같이 수은 메이드 트림마우에게 안내받자 방에는 풍성한 홍차 향이 감돌고 있었다. 방문 시간 같은 건 미리 전해놨는데, 혹시 번거롭게 만들었을까.

짐작대로 집무실 뒤에서.

"그래, 어서 와. 잠깐 기다려 주겠어?"

집주인 소녀가 말을 걸어 주었다.

자택이니 숨길 필요도 없어서 그 눈은 본래의 불꽃색으로 빛나고 있었다. 집무 중이던 모양인데, 서류에 거침없이 사인한 지 불과 몇 분도 되지 않아 종이뭉치가 싹 자취를 감추었다. 간간이 눈짓을 주면 그것만으로도 트림마우가 해당

부분을 자세히 해설하는 모습은, 호흡을 딱 맞춘 저글링이라도 보는 것만 같았다.

"나 원 참. 돌아왔더니 돌아온 대로 바쁜 판국이군. 이런 건 되도록 오라비에게 떠넘기고 싶은데, 그러면 파벌 쪽의 자잘한 대차관계 따위를 요령 있게 처리할 수 없으니 말이야. 결국 이런 문제는 평소의 로비만 한 게 없어."

한숨 돌린 라이네스가 관자놀이 언저리를 주무르면서 말했다.

"아니무스피어에 가셨다면서요."

"그래. 꽤 추웠지 뭐야."

소녀는 어깨를 으쓱였다.

마안수집열차의 뒤처리 때문에 그 올가마리 아니무스피어와 협력 체제를 맺게 되어 천체과의 도시를 몇 번 찾아가서 협의하기를 반복했다고 한다.

올가마리의 아버지── 천체과의 로드인 마리스빌리는 중앙의 권모술수로부터 거리를 두고 있었지만, 올가마리는 지난번 사건으로 진출하는 쪽에 관심을 가진 모양이다. 마안 경매에서 쓰지 않고 남긴 돈, 그리고 처치 곤란한 원자력 발전소(!) 따위를 매각하는 방침으로 새 계획을 제출했다고 한다.

왠지 모르게 그 드세면서 섬세한 소녀의 의기양양한 옆얼굴이 보인 느낌이라 나도 기분이 좋았다.

"자, 그럼 차라도 들까. 오늘은 새 가게에 도전해 보자고."

집무석에서 벗어난 라이네스가 윙크했다.

나도 권하는 대로 트림마우가 차린 빛나는 별 같이 생긴 과자까지 대접받았다.

"······아, 이 시폰 케이크 굉장해요. 그게, 한계까지 달콤한데, 심하게 달진 않아서."

"응. 이쪽 갈레트도 제법이군. 피스타치오를 넣은 반죽에 새콤한 살구를 슬쩍 곁들인 게 안목이 있어. 새벽부터 사오라고 한 보람이 있는걸. 다음부터 정기 순회 루트에 넣을까."

때로 보석처럼, 때로 회화처럼. 과자는 어느 것이나 근사하다.

런던에 오고 나서 배운 사실인데 단맛에는 사람의 마음을 치유하는 작용이 있다. 분명히 있다. 흔히 볼 수 있는 마술 따위는 어림도 없을 만큼 진심으로 황홀한 기분이 든다. 하지만 이번만큼은 그 진미에 취해 있을 수 없었다.

라이네스도 이어질 전개를 예측해서 그런지, 표정이 씁쓸해진 느낌이다.

홍차와 과자를 먹으면서 잠시 대화를 나누던 중.

"······역시, 그렇게 됐나."

한숨과 함께 그리 말했다.

스승님의 말이나 최근 행동 등에 대한 반응이었다. 연말에도 대강 전해 뒀지만 자세한 경위까지 섞어서 구두로 설명하기는 이번이 처음이다.

——동시에.

단둘이서 사정을 이야기하고 있으니 나 또한 한 번 더 사건의 결말을 떠올리고 가슴에 구멍이 뻥 뚫린 기분에 젖었다. 아까 강당에서 스승님의 얼굴을 바라볼 수 없었던 이유를 떠올리고 만 것이다.

그 사건의 결말.

요컨대, 제5차 성배전쟁을 사퇴하겠다는 스승님의 선언.

"정말이지 미련해. 우리 오라비는."

라이네스가 손가락을 깍지 끼고 소파에 기대었다.

정보를 하나씩 재차 확인하고 분석하며 집을 짓듯 쌓아 올리는 중인 것 같다. 이윽고 머릿속에서 얼개가 잡혔는지 소녀는 탐탁잖게 입을 열었다.

"그렇군. 또 하나의 왕—— 페이커에게 한 방 갚아준 거야 기쁘겠지. 너무 좋아하는 것 같아서 네가 못 말린 것도 그럴 만하고. 이 10년 동안, 필시 처음으로 우리 오라비가 자신의 성취감을 맛본 사건이었을 테니 말이지. 제4차 성배전쟁 이후로 품은 응어리를 한 가지 해소한 거잖아. 그야 속 시원하기도 하겠지.

그런데 제5차 성배전쟁을 사퇴한 이유하곤 직접 연결이 안 돼. 나 참, 이 오라비는 중요한 순간에 인내하는 법만 배워서. 아니 뭐, 버릇을 그렇게 들인 내 영향도 있겠다마는."

'흥' 하고 콧방귀를 뀐다.

그래. 라이네스가 하고 싶은 말은 자명하다.

다시 말해 스승님이 제5차 성배전쟁을 포기한 이유. 그 가장 핵심에 해당하는 부분.

"또 하나의 왕을, 내버려 둘 수 없기 때문 아니겠어?"

소녀는 당연하게 의견을 밝혔다. 그 모습은 왠지 스승님과 닮았다. 혈연은 없어도 남매란 어딘가 닮기 마련일지도 모르겠다.

또 하나의 왕.

지난 사건—— 레일 체펠린에서 만난 서번트.

스승님과 나를 적대하는 서번트. 새로운 엑스트라 클래스 페이커. 닥터 하트리스라고 이름을 밝힌, 옛 현대마술과의 학부장을 섬기는 자.

거기까지 경위를 떠올렸을 때 눈앞의 소녀는 재차 말을 이었다.

"성배전쟁에 참가해서라도 왕과 만나고 싶다. 왕은 우승할 수 있는 그릇이고 못난 것은 자기뿐이었다고 증명하고 싶다는 것은 오라비의 사사로운 욕심일 거야. 반면에 또 하나의 왕이 서번트로서 다른 누군가를 섬기고 있다면, 이걸 자기 눈으로 확인하는 건 왕의 부하로서 지닌 의무고. 그 어떤 자기 욕심이든 다 봉인하고 기필코 그 마스터의 목적과 앞길을 판단해야 한다. 하물며 자신에게 훔친 촉매로 소환했으니까……. 오라비라면 당연히 그렇게 생각하지.

더불어 말하자면 현대마술과의 로드로서도 옛 학부장이 모종의 폭주를 일으켰으면 신속하게 대처할 필요가 있어. 자의식을 가장 중요시하는 마술사로서는 어리석다고밖에 할 도리가 없지만, 오라비가 자기 자신을 얽매는 논리가 원래 그래. 그리고 싶은 길과 그래야 할 길을 도저히 잘못 들지 못하는 성품이니까.”

기가 차다는 듯이 라이네스가 한숨을 내쉬었다.

그것만으로도 나는 숨이 막혔다. 가슴에 울퉁불퉁한 돌이 얹힌 것 같다. 그토록 왕과 만나기를 갈망하던 스승님이 “그만 됐겠지.” 하고 시원하게 웃던 얼굴이 떠오르고 만다.

됐을 리가, 없는데.

미련은 있다고 본인도 말했었는데.

그 뒤로 딱 한 번, 아트람 갈리아스타가 슬러를 방문했다.

제5차 성배전쟁을 사퇴했다는 스승님에게 분개하며 “그래, 나라면 너희 엘멜로이와 같은 전철을 밟지 않고말고. 손가락이나 빨면서 승리자가 된 내 귀환을 기다리시지.” 하고 감정 어린 말을 남긴 채 떠났다.

그 오만한 청년으로선 뜻밖이게도, 표면상으론 실망하는 말이었지만 속 깊은 곳에는 원통한 심경이 맺혀 있었다. 다시 한번, 이번에야말로 마술사로서 경쟁할 줄 알았던 것이리라. 그 남자가 생각하는 싸움과 서번트를 대동한 성배전쟁은 다를지도 모르지만…… 혹여 그 차이는 치명적일지도 모르지만, 그래도 그 남자가 나 대신 화내준 듯한 기분까지 들었다.

어쩌면 스승님을 웨이버라고 부르는 자칭 절친—— 멜빈 웨인즈라면 다른 답이 있을지도 모르겠지만.

그런 심경을 꿰뚫어 봤는지 라이네스의 말은 이렇게 이어졌다.

"아트람은 벌써 일본으로 출발했다더군. 전부터 후유키 시에 부하를 파견해서 이것저것 준비해두던 모양이고."

"후유키 시."

그 도시의 이름은 나도 들은 적이 있었다.

"성배전쟁이 벌어지는 땅…… 말이죠."

"그래. 아직 일곱 기가 다 모였다는 보고는 없어. 하지만 이미 몇 기쯤은 소환되었고 수면 밑에서 전초전을 시작했겠지. 그 석유왕이 지겹도록 선대 로드 엘멜로이와 같은 전철을 밟지 않겠다고 말하던 구석을 보건대, 이런 전초전에는 적극적으로 끼어들 심산이겠지. 오라비도 당시 신세를 진 부부에게 도시에서 한동안 벗어나 있으라고 여행 티켓을 보낸 모양이고."

"…………."

새로운 성배전쟁이, 마침내 시작한다.

세이버.

랜서.

아처.

라이더.

캐스터.

어새신.

버서커.

누구 하나 빠질 데 없는 일곱 기의 영령이 격돌한다는 현대의 신화. 젊은 시절의 스승님이 참가했다가 가까스로 살아남았다는 대의식은 이번에 어떻게 이루어질까.

그리고 그 시작을 스승님은 무슨 심정으로 바라보고 있을까.

"그리고……."

"그리고?"

되묻자 라이네스는 살며시 눈살을 찡그렸다.

"아니 그게, 조리 있는 이유는 없지만 아무래도 그 오라비는 우리 생각보다도 더 딛고 넘어선 느낌이 들거든. 말로만 따지면 아주 정상적인데, 내용을 모으고 보니 명백하게 말도 안 되는 결론에 도달한 것처럼."

"……으음."

대꾸가 애매해졌다.

하지만 왠지 모르게 이해가 갔다. 확실히 스승님에겐 그런 면이 있다. 사건의 실마리를 발견한 순간이나 마술을 해석한 순간, 갑자기 자기 혼자만의 세계에 빠져든다. 탐정 소설의 명탐정들도 비슷한 행동은 하겠지만── 스승님은 특히나 절실하고 외골수 같은 면모가 있었다.

그러지 않으면 살 수가 없다는 것처럼.

탐정의 생태 같은 게 아니다. 스승님에게서 때때로 느끼는 것은 팽팽한 악기의 현 같은 불안감, 그리고 이와 상반되는 묘하게 굳건한 기척이다.

그렇다면.

"하트리스는, 어떨까요?"

"닥터 하트리스라."

이름을 거론하자 라이네스는 눈썹을 찡그렸다.

지난번 사건의 흑막. 새로운 서번트 페이커를 소환한 마스터. 성배전쟁이 일어날 리 없는 이 브리튼에서 그런 변변찮은 기적이 일어났기 때문에 스승님은 이 땅에 발목이 잡히고 말았다.

그렇다면 이 소녀의 안목에 하트리스는 어떤 식으로 일탈했다고 보일까.

눈앞의 마카롱을 집고 홍차를 한 모금. 어렴풋이 번지는 달콤한 향과 함께 라이네스는 다시금 입을 열었다.

"애초에 하트리스라는 작자는 명확하게 이전 사건부터 오라비와 깊이 연관되었어."

"이전부터, 말인가요?"

"이젤마 말이야. 관위 마술사 아오자키 토코에게 건넬 보수로 어느 성유물—— 보리수 잎이 올라온 비밀 경매에 대량의 자금을 내놓은 사람이 있었잖아."

그 말에 기억이 났다.

관위 마술사에 의뢰하려고 이젤마는 비장의 주체(呪體)를 준비했다. 마술사 전용의 비밀 경매에서 방대한 금액을 퍼부은 결과라고 듣기는 했지만, 결국 그 돈의 출처는 알아내지 못했었다.

"그건, 아마도 하트리스야."

"…………읍."

한순간, 입안의 초콜릿이 소금처럼 느껴졌다.

라이네스의 발언은 그 정도로 내 심장을 찌르고 있었다.

"이젤마뿐인지 아닌지도 미심쩍지. 너는 그 법정과 마술사—— 아다시노 히시리를 기억해?"

"……아, 네."

"그리고 히시리는 그 남자의 의붓여동생이고 개인적인 용무 때문에 쫓고 있다고 그랬었잖아. 그렇다면 닥터 하트리스는 아마 비슷한 사건을 여러 번 일으켰을걸. 실제로 7년 전에 일어난 마안 소유자의 연속 살인 사건 또한 하트리스가 범인이었던 판국이니까."

소녀가 조곤조곤 말했다.

그 통찰은, 오빠와 비슷하면서도 달랐다.

스승님이 철저하게 마술사로서, 마술사의 동기 및 자세로부터 사건을 풀어나가는 것에 비해, 그녀는 철저하게 사실만을 나열하고 대상의 행동으로부터 상대의 본질을 파악하려 든다. 말하자면 정치가로서 지닌 추리력일 것이다.

　상대가 적인지 아군인지 적절히 파악하기 위한 능력.

　틀림없이 그녀가 살기 위해 길러온 '힘'이다.

　"하트리스는 결코 사건의 흑막이 아니야."

　라이네스는 그렇게 부정했다.

　"방금 말한 이젤마에서도 범행 자체에는 관계하지 않았어. 7년 전의 사건도 원인을 좇으면 마리스빌리 아니무스피어가 후유키의 성배전쟁을 조사하려던 게 발단이고. 말하자면 단순한 배경 정보지. 그 남자가 있든 없든, 모종의 대체인물이 나타나서 비슷한 사건이 일어났을 가능성은 극히 클 거야.

　하나 그렇다고 배제하기엔 너무나도 밀접하게 관계했어. ……흥, 그 오라비가 적이라느니 거창한 말을 꺼낼 만해."

　"이유는요?"

　"닮았으니까. 아니면 정반대니까."

　말은, 날카로운 칼과 비슷했다.

　라이네스는 검지를 슥 들고 말을 이었다.

　"마술을 단순한 비의로서 보고 있지 않아. 자신의 인생과 일체화시키지 않았어. 최종적인 목적으로 삼지 않았어. 하긴 이런 특질들이야 오라비에겐 열불 나는 것이겠다만. 어느 것이든 안 하는 게 아니라 못할 뿐이지. 오라비는 마술을 사랑하지만 마술은 오라비를 사랑하지 않았으니까."

아마 흔한 일일 것이다.

평생을 걸어서라도 이루고 싶은 무언가가 있는데, 정작 그 재능에는 축복받지 못한 사례. 스승님이 주위와 아주 살짝 다른 점은 그럼에도 포기하지 않고 계속 발버둥 치다가 약간 다른 무언가에 다다랐다는 사실이다. 그게 굶주림을 채워줄지 못 채워줄지는 따로 치고서.

"하지만 그치는 달라. 정반대지. 못하는 게 아니라, 안 해. 현대마술과의 전 학부장씩이나 될 만큼 마술은 그 남자를 사랑했지만 그 남자는 마술을 사랑하지 않았어. 아니라면 이토록 많은 수의 뛰어난 마술사를 잃어버리는 걸 못 본 척하지 않았겠지. 아아, 물론 법정과도 비슷한 사고방식이긴 하다마는."

담담히 라이네스의 말이 쌓였다.

컵에 물이 고이는 모습을 떠올렸다. 테두리까지 솟은 내용물은 고작 몇 방울만 더하면 넘쳐도 이상하지 않다. 물은 약일까, 아니면 독일까.

"그래, 오라비가 해체자라면…… 그치는 뭐라고 불러야 할는지."

스승님과 하트리스.

둘 다 현대마술과의 학부장에 앉은 것은 단순히 우연일까.

꺼림칙한 예감이 가시넝쿨처럼 목덜미를 조였다. 그냥 망상일지도 모르는데도 뿌리칠 수 없었다. 마술사가 직감을 무시해서는 안 된다는 스승님의 말이 머리에 솟구쳤다.

잠시 침묵이 방을 가두었다.

그 침묵은 향기로운 냄새가 콧구멍을 간질일 때까지 이어졌다.

트림마우가 찻주전자를 갈고 새로 한 잔을 따른 것이다.

"흠, 일단은 이쯤 되겠군."

소녀는 그 홍차를 입에 대고 다시 소파에 기대었다.

내 컨디션을 신경 썼는지, 처음부터 라이네스가 지시했었는지 이번에는 허브 티였다. 브랜드 쪽은 모르겠지만 음울함에 갇혀 있던 마음을 산뜻한 풍미가 풀어 주었다.

라이네스가 '아아, 피곤해' 하고 어깨를 주무르다가 이번에는 장난스러운 표정으로 속삭였다.

"뭐가 맞든 간에 우리가 할 일이야 뻔하잖아?"

고운 눈썹을 하나 치켜들었다.

"미련한 작자라도 오라비는 오라비지. 애초에 한동안은 더 건재하지 않으면, 내가 들볶을 상대가 없어서 곤란해. 지원해서 은혜를 실컷 입혀둬야지. 결국 너도 그럴 요량으로 여기 온 거 아냐."

"네. ……아, 들볶는 건 아니지만요."

내가 허둥지둥 손을 내젓자 라이네스가 큭큭 우습다는 양
웃었다.

그 웃음소리에 마음이 살짝 편해졌다. 친구가 웃어주면
마음이 편해진다는 걸 비로소 배운 느낌이었다.

심호흡했다.

나는 끄덕이고 나서 가슴에 손을 짚었다.

"스승님은 소제더러 도와달라고 하셨어요. 그렇다면 온
힘을 다하는 게 제자의 의무죠. 그리고 온 힘을 다하려면 소
제는 다시 한번 마주 봐야만 해요. 그래서 라이네스 씨에게
이야기를 들으러 왔어요."

그렇다. 마주 봐야만 한다.

지금껏 내내 도망치던 것을. 내내 편안한 런던 쪽으로 눈
을 피하던 것을.

내 경우에는, 그래.

"그 고향으로 돌아가기 전에, 소제와 스승님이 처음 만났
을 때의 이야기를."

"좋아."

라이네스가 끄덕였다.

그리고 감회 어린 말투로 중얼거렸다.

"언젠가 네가 그런 말을 꺼낼 줄 알았지. 이건 예상이라

기보다 소망이었지만."

　조금 난처해 하는 분위기지만, 내 착각이 아니라면 왠지
다정한 어조였다.

　"그럼 잠시 나의—— 라이네스 엘멜로이 아치조르테의
입으로 말해볼까? 너와 오라비가 만나기 전의 이야기를."

1

──슬슬 한여름에 접어들 무렵이었다.

그리 말해도 런던의 여름은 기본적으로 선선하다.

아무튼 최고 기온이 25도에 접어들까 말까 하는 환경이
다. 평균으론 기껏해야 15도 정도로, 밤이라면 아예 방한이
필요할 지경이다. 실수로 얇게 입고 온 관광객이 감기에 걸
려서 기껏 여행 와놓고 망치는 모습을 보며 몰래 빙긋 웃는
게 이 계절의 내 취미였다.

'뭐 해가 갈수록 온난화 추세라는 모양이니 이 취미도 수
명이 있을 듯하지만.'

온난화의 원인을 어디에다 물을지는 연구기관에나 맡기
겠지만, 개인적으로는 과학도 드디어 여기까지 왔느냐는 감
정은 있다.

마술이고 기적이고 없어도, 웬만한 부호가 전력을 기울여 아마존 같은 곳의 열대우림을 마구잡이로 벌채하면 눈 깜빡할 새에 세계의 위기다. 이미 우리는 핵폭탄도 필요 없이 간편하게 동반 자살할 수 있다. 참고로 그 지경에 이르지 않는 이유를 마술 세계에선 억지력이란 명칭으로 부르는데, 심히 여담이기에 접어 두겠다.

각설하고.

런던의 여름 같은 게 화제에 오른 건 그곳을 떠날 용무가 생겼기 때문이었다.

"미안하네만 레이디. 일주일쯤 개인적 용무로 웨일스를 여행할 생각이야. 그동안 업무를 맡겨도 괜찮겠나?"

오라비가 이런 말을 꺼낸 것이다.

'우리 오라비가! 개인적 용무로! 여행!'

속으로 그만 팔짝팔짝 뛴 것은 용서하길 바란다.

여하간 로드에 봉한 뒤로 이 오라비는 상상을 아득히 뛰어넘도록 성실하게 근무했다. 끝없이 위통에 시달리는 모양인데, 솔직히 몇 번은 도망칠 거라고 예상했었다. 그때를 대비해 추적용 마술 및 징계용 방도 준비했었는데, 완전히 헛수고가 될 줄은 생각도 못해서 솔직히 겸연쩍은 기분마저 느꼈다.

그 바람에 나도 그만 진지하게 마음이 동하고 말았다.

반드시 필요한 로비 및 업무를 앞당겨서 끝내고, 그러고도 남은 잡무는 평소에 신세를 지고 있는 2급 강사 샤르댕

옹에게 떠넘긴 뒤 나도 오라비와 동반할 것을 조건으로 내세운 것이다.

아아, 노파심에 덧붙이자면 새삼 도망칠 걱정에 그런 건 아니다. 그냥 약점이나 잡아두고 싶었기 때문이다. 10년 가까이 전에 극동에서 벌어진 싸움 이래로 취미인 게임이나 가끔 쓰는 편지 말고 과거의 사생활을 거의 드러내지 않는 이 남자는 꽤 벅찬 상대다. 아끼는 애완동물인 이상, 목줄은 많은 편이 낫다고 내 감이 호소하고 있었다. 겸사겸사 괴롭힐 수 있다면 더 좋고.

아무튼, 웨일스 깡촌까지 따라간 건 그런 이유 때문이었다.

한 손에 슈트케이스를 들고 우선은 새벽의 패딩턴 역에서 디젤 열차에 탑승.

특유의 진동을 즐기면서 준비했던 과자를 독점. 웨일스 수도 카디프까지는 약 두 시간 정도다. 영어와 웨일스어가 병기되기 시작하는 간판을 지켜보다가, 거기서 버스를 다섯 시간쯤 탄 뒤에 다시 도보로 산길을 탄다.

이게 또 사람이 다닐 곳이 아니어서, 인간의 발을 효율적으로 작살내고자 만들어진 것 같은 요철과 경사가 반복되었다. 길을 개척한 상대에게 "호오, 자네 퍽 취미가 좋군그래." 하고 어깨를 두드려주고 싶어진다.

때때로 들리는 새의 찢어지는 울음소리.

진흙 및 분뇨, 썩은 열매 냄새가 뒤섞인, 산악 특유의 끈적거리는 공기.

울창하게 우거진 나뭇가지와 잎만 나오지 아무리 지나도
변하지 않는 경치는 일반인의 정신이라면 울적하게 만들기
에 충분하리라. 산은 이계라고들 하던데 마치 한 걸음마다
옛 시대의 저승에라도 들어서는 것만 같다. 아니면 거인의
위장에라도 삼켜지는 도착적인 감각이 마음속에 내내 들러
붙고 있었다.

참고로 먼저 백기를 든 쪽은 오라비였다.

내가 어두컴컴한 비탈길을 꽤 앞서가고 있을 때.

"……자네, 좀, 기다려주지 않겠나?"

갈라진 목소리로 불러 세운 것이다.

"아니, 왜 이러시나. 이 정도로 지쳤다는 소리는 안 하겠
지? 우리 오라비. 지속해서 마력만 좀 돌릴 뿐인데? 이만큼
대원^{마나}이 풍부한 땅이라면 아주 쉬운 일이잖아."

"신나게 남의 치부를 공격하는 짓은 하지 말게."

고개 숙인 오라비가 숨을 헐떡이며 항의했다.

그 모습에 무심코 입술에 흐뭇한 웃음이 떠올랐다.

이 오라비는 체념한 것 같으면서도 꼬박꼬박 분한 티를
내준단 말이지.

뭐, 아직 자기 미래에 절망하지 않아서 그럴 것이다. 재능
은 없다고 진즉에 단념했으면서, 그 결과에 대해선 도전자의
기개를 잃지 않았다. 웬 모순. 비합리. 하지만 그렇기에 실로

가지고 놀 보람이 있는—— 게 아니라, 나를 싫증 나게 하지 않는 오라비였다. 발굴해낸 어린 나를 칭찬해주고 싶다.

"애초에 레이디. 자네의 마력 제어도 아직 고르지가 않아. 이 정도 시간이면 낭비도 우습게 볼 수 없어. 엉치뼈에서 목 뼈 5번까지 가는 경로를 더 치밀하게 상상해야 하네."

그리고 바로 이런다. 본인에 관해선 전혀 재주가 없는데 타인의 이상적인 완성형에는 명확한 이미지가 있다. 엇나갔 어도 이렇게 엇나갔을 수가 없다. 이거 뭐야? 나 좋으라고 존재하는 전용 장난감인가?

"이봐. 내가 이보다 더 잘하게 되면 우리 오라비를 두고 가 버릴 텐데."

"그렇다 해도 금방 따라잡을 거다."

따라잡는다는 말은, 거리를 뜻할까 마술을 뜻할까.

뭐가 맞든 간에 그 허세가 또 웃음을 불러서 무심결에 발 길을 멈추고 말았다.

"그건 멋진 대꾸군."

입매를 고치면서 일단 지적대로 경로를 의식하며 마력을 순환시켰다.

과연 효율은 높을 성싶다. 솔직히 체력으로 따지면 나도 별 차이가 없다. 피로가 경감되도록 혈류 및 자율신경에 작용 시켜 가능한 최대 속도로 독려했다.

더불어 수통의 물 탄 와인으로 입술을 축인 뒤 산꼭대기 방향을 쳐다보았다.

"그래서, 이제 다 왔고?"

"……지도에 따르면 그럴 걸세."

오라비가 근처 나무에 등을 기댄 채 땀을 닦으며 끄덕였다.

애써 시가 케이스에서 시가까지 꺼내어 입에 물었다. 그 담배가 체력깨나 빼앗는 것 같긴 한데, 뭐 향은 싫지 않았다. 겸사로 동물 퇴치용 정도는 되겠지.

희미한 냄새가 산길에 느릿느릿 퍼져 나갔다.

그에 따라 산꼭대기를 쳐다보다가 문득 나는 어느 수업을 떠올렸다.

"그러고 보니 오라비 강의에서도 준엄한 산 위에 건물을 세우는 건 당시의 유행 중 하나였다고 그랬었지."

"그래. 특정 종교에서 험준한 산악에 사원을 짓는다는 행위는 그 자체가 신앙의 증거였어. 신자에게도 그만한 고행을 극복했다는 달성감과 일체감을 줄 수 있으니까. 물론 이런 경향은 시대를 거쳐 종교가 권력화·세속화함에 따라 희박해지지. 그렇게 먼 위치에 있어선 권력이 집중되는 정치에 참여할 수 없기 때문이다."

종교의 변화.

믿는 대상은 변하지 않아도 믿는 법은 시대에 따라 변화한다.

인터넷이 널리 퍼졌기에 이 변화는 더욱 속도가 붙을 것이다. 곧 예배가 PC 속 성당에 가서 하는 행위로 변해도 이상할 것 없다. 아니, 그 무렵에는 PC마저 진부해졌을지도 모른다.

한사코 과거로 달리는 마술조차도 현대의 요소를 수용하지 않을 수 없으니까.

그렇다. 엘멜로이가 현대마술과를 담당하게 된 건 어디까지나 선대의 급사에서 비롯됐지만, 요즘은 일종의 필연을 느낄 때가 늘었다. 중심 학과로 대접받으면서도 오래도록 방치되던 현대마술과에 로드가 온 것은 시대의 흐름이었으리라고.

솔직히 말해, 재미있다.

근본적으로 내 성질은 난세에 어울린다. 광석과에 엘멜로이가 눌러앉은 상태라면 애초부터 내가 후계자로 간택될 일도 없었으리라. 마술각인의 형편상 기본적으로 마술사는 한 가문에 한 명밖에 의미가 없다. 원래라면 나는 돌아볼 일도 없을 분가의 예비품으로 담담히 생명을 허비하다 끝났을 것이다.

그런 의미로는 고고학과와 광석과 자리를 둘이나 채어 간 멜루아스테아에 살짝 감사하지 못할 것도 없다. 기회만 난다면 친절하고 정성스럽게 때려눕혀 주고 싶다는 의미의 감사지만.

"흠, 신앙이라. 그러고 보니 이제 와서 미안하지만 대체 여기는 어디야?"

"……의 묘지."

갈라진 음성에 무심코 눈을 깜빡이고 말았다.

"응. 그건 나도 들은 적이 있다만. 표면상으로는 전혀 안 알려졌지만 이쪽 세계에선 가장 유명한 묘원 중 하나지. 이름만은 들은 것에 비해 장소는 도통 불명확했는데…… 그렇군. 웨일스였나. 이건 맹점이었어."

내가 입술에 손을 짚고서 중얼거리자 오라비는 자그만 한숨을 내쉬었다.

담배 연기를 지우듯 손가락을 움직인다. 자신의 머리를 회전시키기 위한 준비 체조 같은 몸짓이었다.

그리고.

"도착하기 전에 한 가지 강의를 해 두지."

이렇게 말을 시작했다.

"인간은 예로부터 죽음을 두려워했다. 애초에 생명이 현재보다 훨씬 가볍고 잃어버리기 쉬운 시대였지만, 그렇다고 자기 죽음을 선선히 감수할 턱이 없지. 예나 지금이나 자기 생명은 하나밖에 없으니까."

"뭐, 그거야 그렇겠지."

"그렇기 때문에 고대의 인류는 그 공포를 극복하고자 죽음 건너편을 정의했어. 이승과 선을 긋고, 건너편 세상을 음부(陰府)니 황천이니 이름을 붙인 거야. 이로써 죽음은 종언이 아니게 됐지. 무(無)로 확산하는 게 아니라 시작이 됐다. 이 단계의 죽음이란 먼저 가서 기다리고 있는 선조들 곁에, 마침내 이승의 삶을 마친 자신이 받아들여진다는 구조이지."

아무래도 흥이 오른 모양이다.

아직 숨을 고르지도 못했는데 이런 이야기를 시작하면 멈추지 않는 구석이 꿋꿋하다 싶어서 감탄했다. 오라비가 생리 기능까지 거의 무시하며 이만큼 떠들어대는 건, 마술 이야기 말고는 게임 정도다. 하긴 마술은 몰라도 게임 친구는 시계탑에서 거의 못 찾은 모양이지만.

"신의 시대에 황천의 나라는 현재보다 훨씬 가까운 존재였지만 죽음도 비슷한 양상이었지. 그건 가까운 이세계로 떠나는 여행이었어. 옛사람들은 일방통행이긴 해도 거기서 또 하나의 세계로 이어질 것을 의심치 않았지. 건너편의 호칭을 고대 메소포타미아를 따라 키갈_{위대한 땅}이라고 부를지, 아니면 북유럽 신화를 따라 발할라_{기쁨의 집}라고 부를지 정취가 꽤 달라지지만."

발할라라면 아마 북유럽 신화의 주신 오딘의 궁전이던가.

선택받은 전사자만이 발키리에게 이끌려 간다는 그곳에는 몇백에 이르는 문이 열려 있으며 매일 화려한 잔치가 개최되고 있다고 한다. 전사자들은 해가 뜨면 서로 싸우고, 또다시 죽은 이도 저녁에는 되살아나서 새로운 전쟁을 앞두며 고기를 뜯고 미주를 주고받는다고도 하고.

그렇기에 사람들은 이승에서도 죽음을 두려워하지 않으며, 오히려 발할라에 선택받기 위해 기꺼이 용감하게 명예로운 전쟁에 참가했다던가. 나로선 이해하기 어렵지만 그런 사고방식은 역시 방금 언급한 정의와 한 세트를 이룰 것이다.

케케묵은 죽음의 가치관.

혹은 사람들이 공유한 가장 오랜 마술 중 하나.

"그렇군. 죽음이 이세계로 떠나는 여행이라. 꽤 로맨틱한 표현인데."

"오히려 현실적일지도 모르네. 북유럽에는 발할라와 발음이 비슷한 산도 많단 말이지. 그들은 그곳을 죽음의 나라라고 여겼던 거겠지. 적어도 그렇게 정의함으로써 인류는 죽음을 극복하지 못했을지언정 그 공포를 완화했어. 해외 같은 건 손도 못 뻗치는 시대야. 죽음의 나라는 바다 너머보다 훨씬 가까웠고 친근했지."

거기서 한 박자 띄웠다.

오라비는 가느다란 시가를 손가락에 끼운 채 수통으로 입술을 축였다. 손등으로 닦은 뒤 다시 천천히 이야기하기 시작했다.

"무덤은, 그런 세계를 구현화한 곳이다. 극히 미니멈하게 구획된 사후세계라고 해도 되겠군."

……아하.

비로소 이해가 되었다.

무덤이란 단순히 시신을 매장하기만 하는 장소가 아니다. 지금까지 설명한 사후세계에서 한 발 더 내디딘 개념이다.

인간이 만들어낸 극소의 사후세계.

그것이 곧 무덤이라고.

"그렇기에 각지의 왕들은 거대한 능묘를 만들어낸 거다. 무덤이야말로 사후세계 그 자체이며, 새로운 궁전이자, 다음 정복에 나서기 위한 요새이기도 했어. 막대한 비용을 들여 부장품을 묻은 것도, 무수한 병사의 인형을 비치한 것도, 사후세계가 그곳에 있다고 인식했었기 때문이지. 파라오든 황제든 그들은 죽음이 끝이라는 생각은 안 했어. 맞아. 아시아에선 풍수를 고려해 사후세계를 더욱 강화하는 행위마저 했었지. 덧붙여 말하자면 이 능묘들을 격리하고 삶의 세계와 분리한 대륙 쪽과 이 무덤들을 생활에 들여와 죽음의 에너지마저 들이려던 극동 측으로도 나뉘고. 후자로는 프랑스의 카타콤베 등도 포함되겠군."

미묘하게 옆길로 새면서 열병에 걸린 듯한 오라비의 말이 웨일스의 하늘에 뻐끔뻐끔 너울거렸다.

"물론 이것들은 고대에 무덤을 세우는 측의 인식이다. 아까 말했듯이 신앙 또한 변화하지. 옛 시대에는 무덤이 곧 사후세계였지만 후세 사람이 보기엔 무덤을 창문으로 인식하는 쪽이 더 많을걸. 신앙이 희박한 사람조차 무의식중에 무덤은 망자와 접속할 수 있는 창문이라고 여기지."

무덤 앞에서 기도하는 행위는 확실히 그 말이 옳으리라.

우리는 '고인의 넋이 편히 잠들기를.' 하고 기도한다. 거의 말버릇 비슷하다 해도 '그러할지어다.' 하고 염원한다. 사후세계를 믿든 말든 간에 무덤을 그런 것이라고 인식하기 때문이다.

"아무튼, 사후세계와 묘지란 한 세트의 개념이라고 봐도 돼. 고대에나 현대에나 우리는 거기서 또 하나의 세계를 엿보고 있어."

"또 하나의 세계라."

앵무새같이 나도 중얼거렸다.

요컨대, 그게 이번 목적지다.

"⋯⋯그럼 우리는 사후세계로 간다는 말이라도 하고 싶나 봐?"

"그럴지도 모르지. 특히 해묵은 묘지에는 삶보다 죽음 쪽이 정당한 주인이야. 우리는 어디까지나 손님이고, 아주 잠시 그 경계에 체류하도록 허락받은 것에 불과하다. 이 정도 각오는 필요할 거야. 하물며 이름 쟁쟁한 묘지라면 더욱."

"⋯⋯오호라."

늘 그렇지만 이야기가 참 멀리도 돌아왔다.

그러나 강의의 의미는 이해가 간다. 무덤이라는 존재의 마술적인 역사를 확인하고 안 하고에 따라 나중에 보는 것의 의미가 꽤 바뀔 것이다. 아무리 아름다운 시의 글귀라도 그 언어의 지식 없이는 그냥 종잇조각에 지나지 않는다.

살짝 끄덕인 김에 물어보았다.

"그래서, 이 여행의 목적은 무슨 현지조사야? 우리 오라비는 이따금 현대마술과하곤 별로 관계없어 보이는 걸 조사하는 모양이던데."

"솔직히 말하겠네."

오라비는 말했다.

"내 승리를 위한 수단이, 저곳에 있을지도 모르기 때문일
세."

"──승리?"

의문형으로 말한 건 일단 모르는 척 해두는 게 예의일까
싶었기 때문이다. 오라비의 목적은 사실 노골적이기 짝이
없다. 뭐 그래서 이 기회에 약점을 더 잡아두고 싶었는데.

어깨를 으쓱이고 짐짓 어이없는 목소리로 말이나 받아줘
야겠군.

"그래. 포기하지 않은 거였어."

뭘 말하는지야 뻔할 뻔 자다.

제5차 성배전쟁. 선대 로드 엘멜로이가 처참하게 사망하
고, 이 의붓오빠가 살아남은 마술의식이 또다시 시작되는
것이다. 본래 성배전쟁은 60년 주기라던데 지난번 전쟁 중
에 모종의 이상이 발생했는지 불과 10년 만에 재개하게 되
었다는 말은 전해 들었다.

그래도 사후세계로 그 승리 수단을 찾으러 간다는 건, 다
소 뒤숭숭할뿐더러 지나치게 시사성이 넘치지 않나?

"가는 거야 좋지만 나와 한 약속은 잊지 않았겠지?"

"물론이다. 엘멜로이 파의 빚을 어떻게 하는 것과 마술각

인을 가능한 한 신속히 복구하는 것, 자네가 성인이 될 때까지 로드 자리를 안정시키는 것, 자네에게 가정교사를 준비하는 것, 이 넷이지 않나?"

한 박자 띄운 뒤 그가 힘차게 말했다.

"방법은 내 보지. 최소한 전부 전망은 세워 두겠네. 그러면 가능해."

기가 막혀 그만 눈을 끔뻑일 수밖에 없었다. 호흡은 아직도 가쁘고 목소리는 당장 쓰러질 것만 같은데, 평소와는 딴판으로 야성미마저 어린 옆얼굴이 눈부시게 느껴졌기 때문일지도 모른다.

'……뭐, 같은 이유로 난처하기도 하지만.'

작게 한숨을 지었다.

결국 이 오라비는 말릴 수 없다. 내가 미숙해서 그렇다기보다, 필시 본인조차도 제어를 못하는 것이다. 한참 옛날부터 그리 살겠다고 삶을 규정해놓고, 인간의 삶까지 잡아먹어 가며 소망을 이루고자 나아간다.

가끔 떠오르는 이미지가 있다.

철새가 저 너머를 향해 거의 날개를 쉬지 않고 하염없이 나는 영상이다. 특히나 바다를 건널 때, 그들 철새는 섬이나 나무토막이라도 마주치지 않는 한은 최저한의 생명을 유지하기 위한 에너지까지 퍼부으며 끝없이 날개를 움직인다. 비도 폭풍도 헤치고 끝내 동포가 추락해도 돌아보지 않으며 그만한 희생을 치르고서 세상 끝에 다다른 순간, 그들은 보답을 받았을까.

'아아, 아니지. 좀 지나치게 감상적인가.'

일단 연상을 중단했다.

뭐, 장난감이 떠나 버려도 심심하고, 생각 이상으로 쓸모가 있는 오라비이긴 해서 사실 목줄을 좀 더 채우고 싶다. 그런데 너무 꽉 조이는 바람에 멜빈 같은 게 불쑥 개입해도 성가시지. 죽지도 살지도 못하게 해야 한다는 게 영 어렵군.

그런 고민과 함께 다시 산길을 오르기 시작한 지 한동안 지났을 즈음이었다.

뭔가가, 수목 사이에서 움직였다.

"————웃?!"

소음에 눈길을 돌리자 나무 사이로 푸드덕 날갯소리가 울려 퍼졌다.

열 마리 가까운 수의 검은 새가 일제히 날아오른 것이다.

"까마귀라."

올려다본 오라비가 중얼거리고 눈길을 하늘에서 나무 사이로 되돌렸다.

그쪽은 나도 눈치채고 있었다.

"까마귀는 혼을 나르지."

나지막한 목소리가 튀어나왔다.

방금 까마귀들이 날아오른 주변에서 검은 그림자가 뚝 떨

어져 나왔다.

　검은 옷을 두른 남자. 얼추 예순 살 정도일까. 초로라고는
해도 외투 너머로도 알 수 있을 만큼 몸이 탄탄했으며, 자라
는 대로 놔둔 봉두난발 위로는 헤진 여행 모자를 쓰고 있었
다.

　"이 브리튼도 그렇지만 대륙의 켈트 신화에도 까마귀는
왕왕 등장하지. 다시 말해 망자의 인도자, 묘지기의 새. 따
라서 그들은 영영 없으리 하고 울어."

　까마귀 한 마리가 남자 어깨에 내려앉았다.

　오라비가 입을 열었다.

　"묘지기라고 하셨군요. 당신은 혹시."

　"시계탑의 마술사가, 내게 용무가 있었나?"

　허를 찔렸다.

　한눈에 우리를 마술사―― 그것도 시계탑이라고 간파할
줄이야. 혹시 한참 전부터 우리 대화를 훔쳐 듣기라도 했나.

　옷매무시를 바로 한 오라비가 깊이 묵례했다.

　"로드 엘멜로이 2세라고 합니다."

　"손님이 잇따르다니 별일이군. 더구나 날 찾아올 줄이
야."

　남자는 말했다.

　발길을 돌려 등을 내보이더니 이렇게 말을 이었다.

　"묘지기 벨사크 블랙모아다. 할 말이 있다면 따라와."

숲 한복판으로, 놀랄 만한 속도로 멀어지는 뒷모습을 오라비가 허겁지겁 쫓았다.

나는 불현듯 뒤돌아보고 이미 사라진 까마귀가 있던 방향을 보며 눈을 가늘게 떴다.

까마귀가 혼을 나른다는 해묵은 전설에 어느 이름이 기억난 것이다.

"블랙모아의, 묘지⋯⋯."

그곳은 마술사들 사이에서 회자되는, 이 땅에서 가장 오래된 묘지 중 하나였다.

2

벨사크가 안내한 곳에는 험준한 산의 표면에 들러붙듯이 작은 마을이 존재했다.

인구는 기껏해야 백 명이나 좀 넘을 수준일까. 언제 사라져도 이상하지 않지만 그러면서도 유구한 시간을 몽롱한 잠결과 함께 보낸 듯한 촌락이었다. 건물 대다수가 벽돌로 지은 곳이며 백 년 이상은 묵은 느낌이었다. 오가는 사람들도 일단 현대의 행색이지만, 다들 중세나 근세 복장으로 갈아입어도 위화감은 없을 성싶었다.

'……일단, 웨일스의 시골이라면 있을 만한 선인데.'

이만큼 험한 산속임을 고려하면 트럭 따위로 수송하기는 어려울 테고 괜히 케케묵었을 만도 하다. 오라비가 마술사로서 빈약한 건 틀림없지만 그래도 일반적인 도시인보다는 낫다.

물론 그런 얄팍한 계산은 불과 몇 분 남짓 만에 박살 났다.

"허, 벨사크 선생. 그쪽은 웬 분이십니까?"

그렇게 우리를 불러 세운 것은 사제복의 뚱뚱한 중년이었다.

뚱뚱하다기보다 동글동글하다고 형용하는 편이 옳을까. 지나치게 부풀어 오른 몸은 이미 인간 크기의 지방구체에 가깝다. 그야말로 이런 중량을 용케 산촌까지 날랐다며 감동하고 싶어지는 몰골이다. 구체적으로 말해서 비탈에서 굴리면 멈추지 않겠지. 내가 굴려보고 싶다.

사제 뒤로는 젊고 고운 수녀도 따르고 있었다.

이쪽은 아마도 스무 살 남짓. 베일에서 삐져나온 금발에 다갈색 눈, 엷은 주근깨가 매력적이었다. 이렇게 젊은 수녀가 있을 줄은 몰랐지만 내 사고는 다른 방향으로 자극받고 있었다.

'이크크, 교회.'

그만 조건반사로 은밀하게 경계 태세에 들어가고 말았다. 슬픈지고. 성직자와 만날 때의, 시계탑 마술사의 습성 비슷하다.

"페르난도 사제님."

벨사크가 이름을 불렀다.

"제 손님인 모양이더군요. 지나가도 되겠습니까."

"오, 이런. 암요. 성당의 문은 항상 열려 있어요."

페르난도 사제는 이중 턱은커녕 삼중 턱이 된 자라목을 움직여서 우리에게도 눈길을 보냈다. 수상쩍은 놈들이라는 감정을 한 푼도 숨기지 않으며 졸음기 어린 눈을 더더욱 가늘게 뜨더니 천천히 몸을 굽혔다.

"흠. 만나서 반갑습니다. 페르난도 클로즈라고 합니다. 성함을 여쭈어도?"

"엘멜로이 2세라고 합니다."

"라이네스 엘멜로이 아치조르테입니다."

오라비와 함께 정직하게 이름을 말했다.

반응을 살폈지만 사제의 표정에는 딱히 흐트러진 감정이 나타나지 않았다. 이쪽 세계 주민이라면 엘멜로이의 이름을 전혀 모른다……는 경우는 없겠지만, 글쎄. 포커페이스인지 단순한 문외한인지.

"호오, 호오. 두 분께선 남매……이십니까?"

"응! 어디에 가도 못 떨어질 만큼 사이좋아! 안 그래? 우리 오라비."

여봐란듯이 팔짱을 끼고 들러붙자 실로 싫다는 몸부림이 전해졌다. 이보게, 오라비여. 지금은 사이좋다고 어필해서 상대의 방심을 꾀할 때라고. B급 스파이 영화라면 대체로 그러잖아?

오라비에게만 들리도록 작게 혀를 차면서 되도록 또래다

운 발랄한 웃음과 함께 화제를 던졌다.

"그런데, 그쪽 수녀님은?"

"시스터 일루미아야."

경박해 보이는 어조로 젊은 수녀가 말했다.

말 붙일 엄두도 못 낼 분위기다. 이러면 사제 쪽이 번들거려도 그나마 모종의 수확이 있을 성싶다. 기름기 번들거려도.

"그럼 오늘은 방문을 바라는 신자가 계시니 물러나죠. 죄송하지만 성당까지 안내는 벨사크 선생에게 부탁해도 상관없겠습니까?"

"물론, 그럴 작정이고말고요."

"고맙구려. 별것도 없는 작은 마을이지만 모쪼록 편히 쉬다 가시길."

묵례한 페르난도 사제가 멀어졌다.

몇 초 늦게 시스터 일루미아가 내 볼에 입술을 가까이했다. 한순간 그런 취미가 있나 기대하던 순간.

"오래 머물지 않는 편이 나아."

이렇게 귀띔했다.

우리 쪽을 한 번 쳐다보지도 않고 빠르게 사제를 쫓아간다.

'이거 참, 흠.'

어쩐지 가슴이 설레기 시작하잖나.

환영받지 못하는 분위기는 아주 좋아한다. 적의나 악의는

곱빼기로 얹어주는 편이 의욕 나기 마련이지. 그나저나 사제와 수녀의 붙임성 차이에는 자못 궁금증이 이는걸.

어쨌든 우리는 그대로 마을 북쪽 끝자락에 있는 성당으로 인도받았다.

비늘 모양 벽에 넝쿨이 감긴, 검소한 성당이었다.

성당 문을 열자 뜻밖에 넓은 공간이 나 있다.

천장도 높고, 잘 쓸고 닦은 차분한 성당이었다.

결코 화려하지는 않지만 장의자든 금속 촛대든 간에 먼지 한 톨 쌓이지 않아서, 이 마을의 높은 신앙심이 엿보였다. 일요일 미사에는 사람깨나 모이겠지. 기침 소리 하나 나지 않는 공간에서 그 뚱보 사제의 설교를 모두가 감사히 경청하는 광경은, 일종의 원초적인 종교상일지도 모르겠다.

하지만 가장 눈길을 끄는 건 성당 안쪽에 있었다.

"……검은 마리아."

오라비가 중얼거렸다.

그 말마따나 성모상이 새까맣게 칠해져 있었다. 구세주인 갓난아기를 안고야 있지만 그 자태는 이질적이었다. 키는 크고 몸매도 왠지 모르게 위엄이 있다. 부리부리하게 안광으로 내려다보는 모습은 자애로운 어머니라기보다 무슨 여장군을 연상하게 했다.

"저건, 웬 영문일까? 우리 오라비여."

"……검은 성모상은 유럽 등지에 간간이 존재하지."

벨사크를 염려해서 그런지 작은 소리로 오라비가 말했다.

"몬세라트의 성모, 르 퓌의 성모 등이 유명하지만 이것들은 일반적인 마리아 상과는 얼굴 생김새부터 딴판이야. 수호성인 등에서도 볼 수 있는 현상이지만 대지모신이나 그리스도교 전의 신앙을 흡수한 게 아니냐고들 하지."

비슷한 이야기는 이전 강의에서도 들은 적이 있었다.

말하길, 성모 신앙은 그 자식인 구세주나 유일신에 대한 신앙과는 다소 다르게, 종교의 혼합을 수반할 때가 간혹 있다고. 원래 그 지역에서 신앙을 받던 신이나 정령을 때로는 수호성인으로 설명하고, 때로는 성모의 일면으로 받들어 모셨다.

이러한 결과 중 하나가 일반적인 성모상과는 다른, 검은 마리아.

오리엔트 지방 일부에선 현재까지도 이런 성모상이 숭배를 받고 있다는데, 이 작은 마을의 성당도 비슷한 경로를 따른 것일까.

물론 내 흥미는 학술적인 방향으로 별로 발휘되지 않았고.

'그럼 만약 그거라고 해도 조금은 융통성이 있을까?'

은밀하게 주판알이나 튕기고 있었다.

이 성당이 어디까지 표면과 같은 존재냐는 의미다.

요컨대 성당교회 말이다.

'……만약 그쪽 방면이라고 해도 이 검은 성모를 보건대

씨알도 안 먹힐 과격파는 아닐 것 같지만.'

성당교회라고 싸잡아 말해도 그 내실은 하나로 똘똘 뭉치진 않았다.

그 교회는 일대종교 조직의 기밀 부문이지만 그 유래 중 하나는 각 종파가 한자리에 모인 『보편적 공의회』에 있다. 이 때문에 성당교회가 가진 권위의 범위는 구교·신교·그 외를 불문하며, 세계에서도 가장 큰 마술기반을 획득하기에 이르렀다.

물론 이 주변 사정은 성당교회 내에서도 두루 퍼진 내용이 아니다. 실상으로 따지면 구교에 꽤 가까운 것도 확실하고, 과거에는 구교의 추기경이 바로 성당교회의 간부였다고 수군거릴 정도다. 결과적으로 일부 과격파는 호시탐탐 구교 외의 완전 배제까지 노리는, 참 살벌한 조직이란 말인데……

'하기야 시계탑이 뭐라 할 입장이 아니지.'

여하튼 내분이라면 집안 내력이라고 할 지경인 게 우리네 정든 옛집이었다.

일상다반사는커녕 정치적 균형을 포함해서 아예 8할가량은 내부 항쟁으로 운영된다고 해도 무방하다. 고상한 마술의 탐구는 어디 갔는지. 응, 실로 가슴 설레도록 썩어 빠진 꼬락서니야. 인간이라면 응당 이래야지.

"――저 성모상이 신경 쓰이나? 마술사."

뒤에서 벨사크의 목소리가 날아왔다.

오라비가 살짝 끄덕였다.

"좀처럼 볼 일이 없는 것인지라."

"마을에 전해지는, 오래된 것이란 말은 들었다. 페르난도 사제님이라면 좀 더 아시겠지만."

"……그렇군요. 이 주변이라면 섬 켈트인가? 아니 뿌리가 따로 있고, 문화를 교류했을 가능성도……."

낮은 소리로 오라비가 중얼거렸다. 본래 용건이 없었으면 일주일 정도 숙식하며 현지조사를 시작했을지도 모른다.

그러고 있을 때 묘지기가 말을 이었다.

"우리 집에 안내하기 전에, 성모에 기도를 올려 주겠나? 일단 이 마을의 규정이야."

말한 벨사크 본인이 먼저 무릎을 꿇었다.

큰 덩치도 한몫해서 기도라기보다 기사의 맹세같이 보였다.

"마술사라도 용서해주신다면."

오라비도 마찬가지로 십자를 슥 그었다.

뭐 기피감이 있는 것도 아니므로 나도 따라 했다. 어쨌든 평소에는 거의 무신론의 사도라서 신선한 기분도 있었다. 아니, 딱히 하느님이 있어도 상관없지만. 그 양반 아마 나하고 성격깨나 닮았을걸?

그 뒤로 벨사크는 성당의 뒷문으로 나갔다.

성당 뒤편에서 시선을 들자 산꼭대기 부근에 늪이 있었다. 금속 울타리가 엄중히 둘러쳐져 있고 돌무덤 몇 개도 보인다. 아무래도 저곳이 묘지 같다.

이번엔 그 광경을 무시하고.

"이쪽이다."

벨사크가 앞장섰다.

성당 가까운 곳에 세워진 오두막집이 바로 나타났다.

사람 사는 집이라기보다는 큼직한 창고용 가건물 같은 모양새지만 일단 가구가 갖춰진 걸 보건대 정말로 사람 사는 곳인 모양이다.

때 묻은 참나무 탁자에 커피를 따른 놋쇠 컵이 놓였다.

그러나 이쪽 또한 커피라기보다 구정물 같은 외견이고 실제로도 자못 구정물 같은 맛이 났다. 아무리 나라도 초면인 상대가 대접한 음료로 얼굴을 찌푸릴 배짱은 없었지만, 여기에 표정을 찡그리지 않는 데에는 적잖은 노력이 필요했다.

우리가 한 모금 마신 것을 확인하고 나서 묘지기—— 벨사크가 말을 꺼냈다.

"무슨 용무인가?"

"청이 있어서 찾아뵈었습니다."

우리 오라비는 의자에서 일어나 정중히 고개를 숙였다.

"블랙모아 묘지의 고명한 이름은 전부터 들었지요. 하여서 매우 방자한 청인 건 알지만 묘지기를 어느 한 분 빌려주셨으면 합니다. 마땅히 적절한 사례는 할 생각입니다."

"……허!"

벨사크가 턱수염을 만지며 일소에 부쳤다.

"시계탑이, 우리에게 조력을 구한다고? 심지어 로드 중하나가?"

누런 이를 드러내며 크게 웃었다.

그러나 오라비는 표정 하나 바꾸지 않으며 고개를 숙인 채 말을 이었다.

"삼가 청하는 바입니다. 덧붙이자면 시계탑이 아닙니다. 저 개인이지요."

"……흠."

묘지기는 턱수염을 쓰다듬으며 파란 눈을 가늘게 떴다.

장난치는 게 아니라고 받아들인 모양이다. 이런 상황에 나는 지저분한 얼굴 속에서 그 눈만이 마치 어린애처럼 맑다고 나 자신도 뜻밖인 감상을 품었다.

"개인이라고 나오셨나. 철석같이 시계탑 대다수는 각자 파벌의 권력항쟁 때문에 몸도 못 빼는 줄 알았는데."

와우, 이런 변두리 지역까지 정든 옛집의 험담이 전해져서 흐뭇한걸.

"그 인식을 틀렸다고 보진 않습니다. 하지만 그것만이 전부도 아니지요."

"근원의 소용돌이인지 뭔지를 추구한다는 거 말인가."

벨사크의 목소리에 희미한 긴장이 섞였다.

아아, 과연. 이 사람은 바르게 마술을 이해하고 있다.

근원의 소용돌이.

그렇다. 마술사라면 본디 하나같이 그것을 목표로 둔다. 다만 근원의 소용돌이라는 이름은 편의상 붙인 것이다. 본질적으로는 말로 표현하는 쪽이 잘못된 거고, 그나마 「 」라고나 표현하는 게 더 가깝다던가.

시계탑의 내부 항쟁에서도 기초가 되는 건 그 부분이다. 권력항쟁에 넋이 나가 있어도 잊지 못할 정도로, 혹은 넋이 나가서라도 현실도피 하고 싶을 정도로 누구나 희구하길 그치지 않는 절대적인 하나.

그 외 모든 것과 단절된── 마술사로서 궁극의 꿈.

그러나 오라비는 고개를 내저었다.

"이번 사례에 관해선 직결되진 않습니다. 근원의 소용돌이가 만물의 근원인 이상, 간접적으로 이어질 가능성은 부정할 수 없습니다만."

쓸데없이 정중하다고나 할지, 고지식한 발언이기는 했다.

벨사크의 손가락이 탁자 가장자리를 두드렸다. 사색할 때의 버릇 같았다. 기계처럼 정확하게 시간을 새기는 그 박자는 메트로놈 같았다.

"묘지기를 빌려 달라, 이거지."

잠시 침묵이 내려앉았다.

그 침묵을 깨트린 건 양쪽 다 아니었다.

오두막집의 문을 똑똑 노크하는 소리가 난 것이다.

뒤돌아보자 아주 느릿느릿 나무문이 열렸다.

"……벨사크 씨."

눈까지 후드를 덮어쓴 작은 소녀였다.

소녀라고 한 건 음성이 고와서 그런데, 변성기를 맞지 않은 소년일 가능성도 있을 만하다. 개인적인 이야기를 하자면 양쪽 다 취향이긴 하다. 적당히 고통을 주어 울음소리를 지르는 걸 들어보고 싶어진다.

"아아, 왔느냐."

벨사크는 왠지 귀찮은 투로 말했다.

"저…… 오늘은 훈련이라고 들었는데요."

"그거 말인데 웬일로 손님이 와서 말이다. 미안하지만 오늘은 넘기자꾸나. 대신에 이불이나 준비해서 갖다 주려무나."

"……알겠습니다."

그 말만 하고 후드 소녀는 사라졌다.

이야기를 더 들어보고 싶었는데 아쉽군. 그런데 호리호리한 등은 타인을 강렬하게 거절하는 느낌도 들었다.

벨사크는 눈길을 되돌리고 다시금 입을 열었다.

"일단, 자네가 성실하게 말한다는 건 알겠네. 하나 이쪽도 그 말을 바로 받아들일 상황이 아니야. 그럼 피차 시간이 필요하겠지."

지저분한 복장과는 정반대로 벨사크는 지극히 정중하게
답변했다.

창밖을 턱짓해 어느 방향을 가리켰다.

"마을 변두리에 사냥할 때 쓰는 오두막이 있네. 오늘은
그쪽에서 지내게."

"감사합니다."

오라비는 한 번 더 고개를 숙였다.

"그리고—— 이 마을에 체류할 거면 몇 가지 규칙을 지켜
주길 바라네."

벨사크가 말했다.

네 손가락을 세우고.

"하나, 처음에 성모상에 예배할 것. 이쪽은 마쳤지."

우선 검지를 접었다.

"둘, 심야에는 밖에 나오지 말 것.

셋, 묘지에 혼자서는 다가가지 말 것.

넷, 여럿이서 묘지에 가더라도 늪에는 절대 다가가지 말 것.

이상을 엄수해 주게."

'……이것 봐라.'

퍽이나 기묘한 규칙이었다.

성모상에 예배 정도야 알겠지만 나머지는 알 것 같으면서
도 알기 어렵다. 아이들용 설교랄까, 마치 케케묵은 호러 영
화 같은 느낌…….

그러나 내가 무슨 질문을 하기보다 묘지기가 먼저 엄숙하
게 선고했다.

"지켜 주기를 거듭 부탁하네."

3

"──와아! 이건 확실하게 진드기 있겠어! 이도 있는 거 아닌가!"

낡아빠진 침대와 곰팡내 나는 이불은 감동적일 지경이었다.

벨사크에게 안내받은, 사냥용 오두막이었다.

사냥용이라고 들었을 때부터 불안하긴 했지만 아까 오두막집 이상으로 황폐했던 것이다. 일단 소독용으로 몇 가지 마술을 써두긴 했지만 이건 약초도 가져와야 했었다고 자못 후회했다. 식물과의 강의는 별로 받아보지 않았지만 이런 좀스런 분야에는 절대적인 효력을 발휘한다.

반면에 오라비는 묘하게 이골이 난 느낌으로 이불의 먼지를 털고 냉큼 둘러썼다.

그러고 보니 온 세계를 여행했었다는 사실을 새삼 떠올렸다. 나로서도 옛날에는 이런 생활뿐이었기에 잠시 머뭇거리긴 했지만 거침없이 이불을 몸에 둘렀다.

금이 간 랜턴의 불이 힘없이 살랑거렸다.

잠시 뒤에 오라비가 불렀다.

"레이디. 자네가 따라올 필요는 없었다만."

"아니, 아니지. 남매지간의 공동작업이란 실로 즐겁지 않은가."

아련한 어둠에 떠오른 오라비의 떫은 표정에 그만 쾌감을 느끼고 말았다.

내가 즐기고 있는 걸 알아채서 그런지 오라비는 빙글 등을 돌렸다. 뭐 등에도 갖가지 표정이 있지만 그 점을 놀려먹는 건 참고서 핵심적인 질문을 꺼내보았다.

"그래서, 우리 오라비에게 물어보고 싶은데…… 승리를 위한 수단이란 건 대체 뭐지?"

"설명할 필요는 없을 텐데."

야멸차게 내뱉는, 차가운 오라비였다.

"아니 왜 그래. 당신이 제5차 성배전쟁에 참가한 결과, 본래 오빠──가 아니라 본래는 숙부지만, 케이네스 선생처럼 되어도 이상하지 않잖아. 아니 그냥 봐서는 딱 그렇게 될걸. 그럼 생쥐급으로 겁 많은 당신이 어떤 대책을 마련했는지 관심이 이는 게 당연하지 않나?"

"…………."

"오, 침묵하고 넘겨 보낼 심산인가? 말해 두지만 이 부분은 약속의 범위 내라고. 당신 생명의 유무는 엘멜로이 파의 진퇴를 크게 좌우하거든?"

그렇게까지 딴죽을 걸자 체념한 것처럼 오라비가 입을 열었다.

"정상적인 서번트에게 마술사가 이길 까닭은 없네."

"……그건 뭐, 그리되지."

지나치게 수긍이 가서 아무런 감상이 솟질 않는다.

서번트.

본래 마술사(우리) 사이에서는 경계기록대(고스트 라이너)라고 불러야 마땅한 존재다.

우리는 아득한 『좌(座)』에 기록된 그들을 다양한 방법으로 건드린다. 예를 들면 소환술을 써서 그들의 능력 일부를 짧은 시간 동안 빌려오거나, 보구의 아주 일부만을 이용하는 것 따위가 대표적인 예일 것이다.

그러나 영령의 인격까지 통째로 현실에 소환한다는 묘기는 후유키의 성배전쟁 외에 달리 없다. ……적어도 내가 아는 한은.

물론 후유키에 관해서는, 협회에선 극히 일부를 제외하고 거의 알려지지 않았다. 안다고 한들 어차피 극동의 의식인데 보통 과대망상이 아니라며 어깨를 으쓱이는 게 고작이다. 선대 로드 엘멜로이가 죽은 사건으로 주목하는 경향도 있었지만 이 또한 극히 일부의 괴팍한 마술사 사이에서 화제가 된 정도로, 맥없이 풍화한 판국이다.

'……그 부분도 영 수상쩍긴 하지만.'

정보조작까지는 아니지만 누군가가 손을 댄 느낌이 없지도 않다. 뭐, 원래 시계탑에 극동이란 미개지라고 해야 할 변경이라 무시하는 편이 자연스러우니 역시 생각이 과할지도 모르지만.

"하지만 서번트에게도 공통점은 있지."

오라비가 말을 이었다.

"그들이 우선 예외 없이 영령이라는 점이야. 서번트는 반드시 영체로 소환되어 마력을 얻어서 일시적인 실체를 얻는다. 하지만 아무리 실체화해도 본래는 영체이며 영핵도 가지고 있어. 그리고 영체인 이상은 전문가가 존재하지."

거기까지 들은 나는 그만 '앗' 하고 소리를 지르고 말았다.

"당신, 설마…… 묘지기를 빌리고 싶다는 말은."

"블랙모아의 묘지기── 가능하다면 아까의 벨사크 블랙모아가 내 협력자로서 성배전쟁에 동행했으면 좋겠군."

오랜만에 오라비를 빤히 바라보고 말았다.

말은 그래도 내게 등을 돌린 판국인데, 참 용케 태연히 말했다.

"일단 지적해 두지만 그건 마술쟁이의 사고라고."

아무리 극동의 예외적인 이벤트라고는 해도 그게 마술사들의 손을 탄 의식임은 변함없다. 그렇다면 마술사들이야말로 주역이라는 건 암묵적인 이해다. 화려한 영령도 어디까지나 의식의 수단이자 사역마. 친한 조수나 부하를 동반하는 건 있을 수 있겠지만 완전한 외부인을 데려간다는 비상식은 좀처럼 상상이 미칠 부분이 아니다.

심지어 마술사조차 아닌 상대를?

마술사로부터는 나올 수 없는 발상이다. 마술사이고자 할수록 나올 수가 없다.

"정상적인 방법으로 내가 케이네스 선생을 웃돌 수 있을 리가 없잖나."

"지당하신 말씀."

단박에 수긍했다.

뭐, 우리 오라비는 선대와 비교하면 한참 소심하고, 주의 깊으며, 그렇기에 살아남은 노릇이지만 승리할지 어떨지 따지자면 완전히 문제가 다르다.

"그나저나…… 오호라. 어디까지나 악령이나 엑소시즘 등의 일종으로 서번트를 대처하겠단 거로군."

"인간이 생물이라는 사실과 마찬가지지. 어디까지나 더 넓은 틀로 봤을 뿐이다."

오라비의 목소리가 살짝 가라앉았다. 이크, 악령 취급한 게 못마땅하신가.

눈치채지 못한 척을 하면서 대화를 이었다.

"묘지기의 조력을 얻을 수 있을까?"

"글쎄. 애초에 블랙모아 묘지기의 능력이 서번트에게 통할지도 미지수다. 어디까지나 내 예상으론 가능성이 있다는 것뿐이니까."

오라비가 고개를 젓고 말했다.

"다만 이 마을은 생각 이상으로 흥미로워. 블랙모아의 묘지라는 이름만이 앞서서 실태를 알 방법이 거의 없던 장소지만 그 검은 성모상이든 아까 규칙이든 간에 상상력을 기본 좋게 자극해 주더군."

"상상력을 자극이라."

때때로 생각하지만 오라비는 꽤 매드에 가깝다고나 할지, 도리어 정통파 학자 같은 면이 마술사로서 지나치게 강한 느낌이 없지도 않다.

"응. 그럼 역시 내가 오길 잘한 게 아닐까?"

"무슨 소리지?"

오라비가 그렇게 말하며 뒤돌아본 타이밍이었다.

오두막의 문 밑으로 은빛 액체가 미끈 빠져나왔다.

"음————!"

한순간 호흡을 멈춘 오라비 앞에 더한 이변이 발생했다.

수은의 표면에 보글보글 거품이 일더니 금속빛 메이드가

나타난 것이다.

"자슥들아! 형 왔다!"
<small>Hello Boys I'm Back</small>

원수진 외계인을 발견한 주정뱅이 영감 같은 억양으로 나긋나긋한 수은 메이드가 인사하는 모습도 상상할 수 있는 범주였지만, 나중에 플랫을 족칠 마음은 들었다. 그 녀석, 대체 우리 월령수액(月靈髓液)한테 뭘 가르치고 자빠졌어.
<small>불루먼 하이드라그렘</small>

한숨 돌리고 내 수은 메이드에게로 말을 걸었다.

"수고했다, 트림마우."

"역시 데려왔나."

두통을 참는 것처럼 오라비가 관자놀이를 손가락으로 눌렀다.

"기껏 자동 제어 기능이 있잖아. 묵혀둘 수야 없지."

"열차 탈 동안은 어쨌었지?"

"응. 차량 바닥에 붙여 놨어. 다른 짐도 들게 했고."

"정말이지 그런 짓은 잘하는군."

"후후후, 자랑스러운 여동생이라고 불러도 상관없는데? 시계탑에 이름 자자한 엘멜로이 교실의 다크호스라고 불러도 나쁘지 않겠어."

기가 막힌 듯 뺨을 실룩이는 오라비에게 여봐란듯이 가슴을 폈다.

"그래서, 트림마우. 마을 상황은 어땠지?"

"네. 벨사크 님은 조금 전의 오두막에서, 페르난도 사제와 수녀는 성당에서 각각 잠이 든 것 같습니다. 다른 마을 사람도 밖에는 일절 나오지 않았습니다."

"흐음─. 일단 묘한 움직임은 없단 말이지. 아니 규칙은 모두 지키고 있단 말이군."

나도 턱에 손가락을 짚고 읊조렸다.

단순히 오락이 없어서 밤에 나다닐 필요가 없을 뿐일지도 모르지만 일단 여행자에게 대강 둘러댔을 뿐……은 아닌 모양이다.

오라비의 상반신이 풀썩 쓰러졌다.

"그 부분은 내일에라도 산책 겸 조사해 보지. ……아무래도 지쳤어."

마지막 말은 본심인지 금세 고른 숨소리가 들렸다.

여느 때라면 내 장난을 경계할 참이겠지만 어지간히 피곤했던 것이리라. 원래부터 지구력이 없는 오라비가 급피치로 산을 탄 끝에 묘지기와 교섭까지 한 판국이니 그럴 만하다.

마술로 『강화』된 눈에는 미간에 깊게 새겨진 주름도 또렷하게 보였다.

그게 내 소유물이 됐다는 증거라면 더 깊게 파였으면 좋겠다고 얼핏 생각만 했다. 생각한 다음 다소 무른 생각이었나 하고 반성했다. 새길 거면 더 깊어서 돌이킬 여지가 없는 편이 낫다. 평생 미움받다니 최고다. 왜냐면 평생 잊지 못한다는 뜻 아닌가.

"잘 자, 우리 오라비."

말한 뒤에 랜턴의 불을 후 불어 껐다.

몇 분 지나고 사역마에게 한 번 말을 걸었다.

"트림마우, 있어?"

"곁에."

"손을 잡아줘."

"알겠습니다, 아가씨."

차가운 손의 감촉이 손끝에 닿았다.

그 온도를 구명줄처럼 삼으며 내 의식은 익숙한 암흑에 잠겨 들었다.

제2장

1

이튿날은 맑았다.

나는 오두막의 창문을 활짝 열어 새벽빛을 받으면서 기지
개를 켰다.

산 위 아니랄까 봐 초여름이라도 꽤 선선하다. 어제는 온
통 난장판이라 어수선하던 오두막 내부였지만 지금은 한바
탕 청소했다. 물론 트림마우가 하룻밤 만에 해준 것이다.

청소하는 김에 홍차도 내 기상에 맞추어 준비해 놓았다.

또한 난로를 빌린 것 말고는 찻주전자 및 물도 포함해서
트림마우가 몰래 지참해 오게 했다. 어제부터 자동 제어를
내내 유지하는 바람에 다소 마력을 소비했지만 필요경비다.

짙은 향기의 호박색 액체를 한 모금 넘기자 비로소 의식
이 깨기 시작했다.

"그래그래. 일어날 때는 이래야지. 겨우 한숨 돌린 기분이야."

"오늘은 돼지 리예트도 준비했습니다."

"듬뿍 발라줘."

"알겠습니다."

트림마우가 바게트에 하얀 리예트를 펴 바르고 내 접시에 올렸다. 입에 물자 식욕을 돋우는 냄새가 입안 가득히 퍼졌다. 매끄러운 식감과 고기 풍미에 적절한 소금기가 끝내준다.

행복한 기분으로 홍차를 한 모금 더 들고 코로 드나드는 향을 즐겼다.

단맛은 약간 모자라지만 일단 브라우니 초콜릿으로 타협. 뇌에 도는 당분을 느끼고 있으려니 옆방 문이 열렸다.

"참 우아하군."

잠에서 깬 오라비가 머리를 벅벅 긁으면서 나타난 것이다.

일단 스스로 머리를 세팅한 모양이지만 아무래도 이곳저곳 엉망인 건 부정할 수 없다. 취향이 그쪽인 사람도 있을 테고……. 사실 청강생을 포함해서 몇 명쯤 떠오르긴 하는데, 그렇다고 추천할 마음은 나지 않았다.

"음. 어제 묘지기와 함께하던 커피는 고문 일보직전이었으니까. 오라비도 마시도록."

"감사히 받겠네."

오라비가 탁자 정면에 앉았다.

트림마우가 오라비 몫 홍차도 따른 뒤에 손끝 일부를 빗 형태로 변형해 머리카락을 빗기 시작했다. 아직 반쯤 잠이 덜 깬 모양이라 한동안 끄응 신음하거나 만날 하는 휴대 게임기라도 플레이하는 것처럼 두 손 손가락을 움직이는 등 실로 괴이쩍었지만, 그래도 홍차를 마시고 바게트 몇 개 집 어먹을 즈음에는 눈에 힘이 돌아왔다. 그리고 급기야 쓸데 없는 말까지 떠들기 시작했다.

"그렇군. 트림마우를 잘 교육했군. 그런데 자네도 이런 차는 누군가 친구와 함께 마시는 게 좋아."

"그건 실로 육친다운 진언인걸. 기억해 둘게."

아무튼 그 친구부터 없는 판국이다.

차든 과자든 간에, 독이니 뭐니 타지 않고 안심할 수 있는 상대하고나 함께 들 수 있는 법이다. 안타깝지만 내가 걸어 온 시간은 그런 인간과 무관했다. 그게 서글프냐면 오히려 즐겨왔다고 고백할 수밖에 없지만.

난처하게도 객관적으로 봐서 내 인생은 행복하진 않은데, 주관적으로 보면 극히 농밀한 기쁨에 넘쳤었다고 고백할 수 밖에 없었다. 독이 있으면 보존식을, 사교모임에서 궁지에 몰릴 것 같으면 로비를. 이렇듯 심술의 대책을 강구해 두는 건 내게 크나큰 즐거움이었다.

물론 그 방도를 가르쳐 주던 집사가 없었으면 한참 옛날 에 죽어 나자빠졌을 건 틀림없다. 그치가 떠난 뒤로 벌써 몇 년 지났지만, 이래저래 따끔하게 가르쳐 준 노하우와 취향은 아직껏 내 안에 살아 숨 쉬고 있다.

적당히 받아 흘리면서 중요한 화제를 불쑥 꺼냈다.

"그래서, 어떡하려고?"

"벨사크 씨는 혼자서 묘지에 가지 말라고 했지."

오라비의 나직한 말에 나는 '흐흥' 하고 콧방귀를 뀌었다.

"둘이 가면, 어떻겠냐고?"

"규칙은 지키고 있지 않나."

심드렁하게 말한 오라비가 다시 바게트를 입에 댔다.

위통을 호소하는 데 비해 딱히 위장이 약한 건 아니었다. 굳이 따지자면 먹는 건 좋아해도 그럴 여유가 없기에 비용 절감……한다는 축이리라. 그야말로 인생의 낭비다. 인생에 오락쾌락열락 외의 요소를 넣어둘 틈새는 없거늘.

"뭐, 묘지를 봐두자는 말은 찬성이야. 묘지기를 찾아온 이상, 피해 갈 수 없을 테니까."

거기까지 말하고 남은 홍차를 비웠을 때였다.

입구에서 노크 소리가 났다.

"저…… 안녕하세요."

극히 조심스럽게, 문이 아주 살짝만 열렸다.

여는 게 너무나 느릿하고, 또한 실처럼 가늘었기에 한순간 무슨 마술인가 의심을 하고 말았다. 아니면 초대받지 못하면 들어갈 수 없는 요물 부류일까. 나는 상대방 쪽이 보지 못하게 트림마우만은 가리면서 응답했다.

"으음, 그래. 들어와도 상관없는데."

"네, 넷……."

끼익하고 문이 약간 더 열렸다.

그런데도 아직 주먹이 들어올락 말락 해서, 간신히 상대의 키와 복장 정도나 알 만한 수준이었다.

회색 후드를 깊이 눌러 쓴 소녀였다.

"저…… 소제는, 벨사크 씨로부터 안내를 분부받아서…… 어, 그게, 어제 벨사크 씨의 오두막에서 뵈었는데요……."

"알지. 물론 기억하다마다."

내가 끄덕이자 소녀가 안도의 한숨을 내쉬었다.

여간 소심한 게 아닌지, 단순히 외부 사람에게 익숙하지 못한지. 양쪽 다 있을 법했다.

힐끔 오라비를 쳐다봐서 상관없겠느냐고 확인했다.

맘대로 움직이지 못하게 기선을 제압당했다는 심정은 있지만, 그래도 안내인이 있는 건 달갑다. 설명이 없으면 모를 부분도 많을 것이다. 그리고 몰래 조사할 거면 딱히 나중에 해도 상관없으니까.

"그럼 오라비와 함께 잘 부탁하지."

"……네."

"기다려 줘. 바로 나올 테니까."

서둘러 트림마우를 변형시키고 가져오게 했던 슈트케이

스에 흡수했다. 이쪽은 중량경감 마술이 걸려 있기에 일일이 『강화』하지 않아도 운반하는 데는 문제 없다.

밖으로 나오자 후드 소녀는 몹시 못 미덥게 하늘을 쳐다보고 있었다.

얄궂지만 어울린다고 해야 할지, 바로 직전까지와는 딴판으로 구름이 끼고 있었다. 그러나 흐린 하늘 아래의 그녀는 그 어둠 속에 말끔하게 녹아들어 있었다.

왠지, 먼 겨울 나라의 요정과 닮았다.

"이거, 기다리게 했군."

"……아뇨. 괜찮아요."

바로 고개를 움츠리며 소녀가 부정하려던 순간 옆에서 바람이 불었다.

그 바람에 후드가 젖혀져 내부가 엿보였다. 빛바랜 은발을 쪽 진 머리로 묶은, 실로 예쁜 용모였다. 우리 눈을 똑바로 마주 보지 못하는 내성적인 면이 애처로운 게 내 취향이다. 요컨대 괴롭힐 보람이 있겠다는 말로 종합된다.

그런데 연속적으로 다른 사태가 터졌다.

"와악!"

얼빠진 목소리가 터졌다.

요 3년 정도는 들어본 적 없는, 완전히 생생한 비명이었기에 나도 그만 뒤돌아보고 말았다.

"왜 그래? 우리 오라비."

"……아, 아니 아무것도."

한 손으로 얼굴을 가리며 오라비는 메마른 소리로 부정했다.

하지만 손가락 틈으로 엿보인 표정을 나는 똑똑히 목격했다.

저 낯빛은 안다. 우리 오라비에게 몇몇 존재하는 강렬한 트라우마가 자극받았을 때의 그 표정이다. 하지만 내가 비밀 병기로 확보한 것 중에도 이만한 효과를 낳는 거물이 있기나 할지.

화들짝 놀라서 돌아본 소녀 또한 몇 번 눈을 깜빡이다가 쭈뼛쭈뼛 물었다.

"저, 저기…… 무슨 문제라도?"

"그, 매우 실례되는 부탁인 줄은 알지만, 그 후드는 좀 더 깊이 써주지 않겠나?"

"……어."

소녀도 굳어 버렸다.

나도 솔직히 깜짝 놀랐다. 기본적으로 오라비는 여성을 대할 때는 언동이 정중했다. 친하지도 않은 상대에게 이런 버릇없는 부탁을 하는 건 로드에 봉한 뒤로 처음 보았다.

하지만 이변은 그것만으로 그치지 않았다.

"아, 아뇨. 뒤집어쓰는 편이 나은 거죠. 알겠습니다. 그럴게요."

'응?'

어째선지 소녀의 목소리가 생생하게 들뜬 것처럼 들린 것이다. 이게 뭐야? 내가 모르는 틈에 변칙적인 플레이라도 시작한 건가?

"……정말로 미안하네. 개인적인 사정 때문에 좀 정신적인 문제를 일으켰을 뿐이니 마음 상하지 않았으면 좋겠는데."

"아뇨, 당치도 않아요! 신경 쓰지 마세요."

후드를 누른 채로 소녀가 고개를 가로저었다.

더군다나.

"――이히히히히! 살다 보니 이런 일도 다 있는데, 굼벵이 그레……."

유독 날카로운 음성이 솟구치다가 뚝 끊긴 것이다.

무심코 오라비와 얼굴을 마주 본 내 앞에서 소녀가 오른손을 붕붕 세게 휘두른 뒤 아무 일도 없었던 것처럼 어흠 헛기침했다.

오라비가 얼떨떨하게 물었다.

"……방금 그건?"

"……환청 아닐까요? 네. 신경 쓰지 마세요."

진지한 목소리로 말을 하고 있으니 모를 노릇이다.

타인의 사생활은 입맛을 돋우니 꼭 미주알고주알 캐묻고

싶은데, 지금 치고 들어갔다간 뭔가 좋지 않은 게 불을 뿜을 것 같으니 좀 더 기회를 보다가 하자.

"자, 가죠. 원하시는 데로 안내할게요."

후드 소녀는 어안이 벙벙한 오라비에게서 눈을 피하고 재촉했다.

2

소녀의 안내로 마을을 거닐며 주민들과 대화한 결과, 몇 가지 사항을 알아냈다.

예를 들어 웨일스 지방이라곤 해도 기본적으로는 영어를 사용한다는 점.

원래 웨일스어는 역사적인 경위 때문에 화자가 적어졌으며, 한때는 인구 2할까지 떨어졌을 정도다. 최근 들어 재검토되어 문화진흥 측면에서 교육이 시행된 결과 노인보다 오히려 젊은이가 웨일스어를 더 많이 쓰게 되기 시작했는데, 이 마을에선 그런 경향도 찾아볼 수 없었다. 아마도 평지와 그다지 교류하지 않기 때문일 것이다.

그리고 뜻밖에 후드 소녀가 마을 사람에게 존중받고 있다는 점.

전원은 아니어도 잠깐 말을 나누고 싶다고 운을 떼니 마을 사람 절반 정도는 우선 후드 소녀에게 극히 정중한 인사를 건넸다.

마치 귀한 분과 만난 것처럼.

'……그보다는, 잘못 만지면 깨질 물건 취급?'

결코 멀리하는 것은 아니다.

오히려 그 반대로, 성상(聖像)이라도 마주하는 듯한 경건함을 느꼈다.

성상 말이다.

인간을 대하는 것이 아니라 더 근원적으로── 성스러운 것과 마주하는 듯한 태도. 물론 사제와 수녀를 대할 때도 태도가 비슷해지지만, 훨씬 더 절실하며 기쁨으로 가득한── 기묘한 감각을 받았다.

'……그럼 왜, 이 애는 이렇게나 주눅이 든 거지?'

이런 폐쇄된 마을에서 그토록 숭앙받고 있다면 오히려 오만해지는 게 일반적일 것이다. 아니 그건 나만 그럴지도 모르겠지만 겁쟁이로 자랄 것 같지도 않다.

영 부합이 안 되는 상황에 가슴속에서 개운치 않은 의문이 솟았다.

아무튼 일단 지형은 알았다.

마을은 대충 남북이 움푹 들어간 타원── 옛날 오라비가 극동의 기념품으로 가져온 표주박 같은 형태로, 중앙에는 성당이, 북쪽에는 묘지와 늪이 존재했다. 우리가 어젯밤 지낸 사냥용 오두막은 마을 서쪽 변두리에 자리 잡고 있었다.

오가는 중에 마을의 중앙 성당에도 들렀다.

"여기는 성당이에요. 어제 안내받으셨죠?"

"그래……. 성당에 검은 마리아가 안치되어 있던데, 그 유래는 아십니까?"

"유래는…… 소제도 잘 모르는데요."

일인칭의 발음에 웨일스다운 사투리가 섞여 있어서 그 점도 귀엽다. 야단났군. 아무래도 평소 취미가 나올 것만 같다. 라이네스, 좀 더 물러나 있게나.

"……다만 이 마을에선 아주 열심히 신앙하고 있어요. 결혼하거나 자식이 태어났을 때 반드시 저 성당에 보고하러 가죠."

"호오. 자손의 보고라."

오라비가 흥미롭게 손가락으로 턱 주변을 쓰다듬었다. 평소라면 시가를 빨고 있을 때지만 일단 후드 소녀 때문에 삼간 모양이다.

'성모에 관해서는 역시 사제를 잡고 물어볼 수밖에 없나.'

공교롭게도 사제는 부재중이어서, 시스터 일루미아에게 냉담한 눈총이나 받을 뿐이었다. 이게 입맛 돋운다는 방향성도 있겠지만 아쉽게도 내 취미하고는 좀 다르다.

"아직 안 돌아간 거야?"

마을 지도

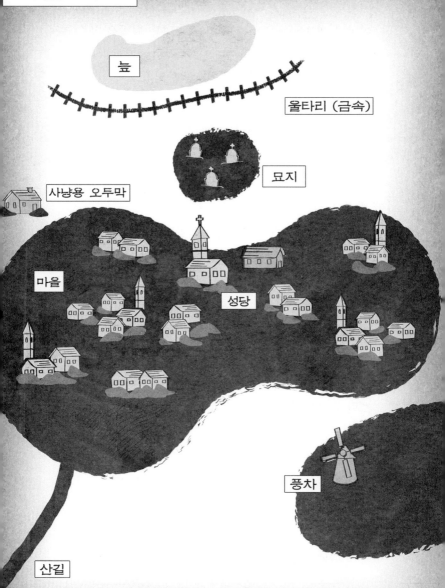

늪

울타리 (금속)

묘지

사냥용 오두막

마을

성당

풍차

산길

이번엔 귀엣말이 아니라 돼지 상대하듯 면박을 준 것도 일단 가슴에 담아두자. 아, 떨떠름한 표정을 짓던 게 살짝 짜릿해서 그런 건 아니라고 주장해두고 싶다.

그다음으로 핵심인 묘지에 당도했다.

결코 장엄한 곳은 아니다. 각자의 이름 및 간단한 경력을 새긴 묘비만 세워 둔 장소다.

우리 오라비는 까마귀 무늬가 새겨진 녹슨 철문을 흥미롭게 바라보다가 질문했다.

"이 묘지는 까마귀를 신성시하고 있군요."

"……네. 벨사크 씨가 관리하고 계세요. 소유자는 따로 있나 보지만요."

'소유자라.'

왠지 모르게 그 벨사크를 소유자로 여겼지만, 그쪽은 따로 있는 모양이다.

오라비는 묘지를 빤히 관찰하고 있었다.

흐린 하늘에 우뚝 선 석비 무리는 불길하다기보다 허망하다는 편이 더 가까웠다. 수집한 죽음마저도 재로 전락할 정도의 시간이 경과했다……. 나는 그런 인상을 받고 있었다. 그렇긴 해도 의외일 만큼 지저분하지가 않다. 벨사크나 이 소녀가 부지런히 청소하기 때문일 것이다.

석비에는 각각 이름과 내력이 새겨져 있지만 깊이 들어갈수록 오래되어서 닳아버린 까닭에 3분의 1 정도는 이미 읽을 수도 없었다.

그 표면을 손끝으로 훑자 돌의 냉기가 뼈까지 스미는 것 같았다.

이 장소는 몹시 고요하다.

귀를 곤두세우면 지나간 그 시대의 소리가 들릴 만큼.

오라비의 말을 빌리자면 묘지가 사후세계 그 자체였던 시대.

후드 소녀가 불현듯 입을 열었다.

"……엘멜로이 2세 씨는, 왜 여기 오셨어요?"

"벨사크 씨로부터 말씀을 못 들으셨습니까?"

"그 사람은…… 별로 괜한 말씀을 하지 않아서요."

하긴 왠지 모르게 그런 느낌은 있다. 말을 내세우기보다 묵묵히 일하는 타입일 것이다.

오라비는 옆을 걸으며 묘지 이곳저곳에 눈길을 보내다가 설명했다.

"뭐, 좀 도와주셨으면 하는 문제가 있어서요. 묘지기를 빌릴 수 없을지 부탁하러 온 겁니다."

소녀는 눈을 몇 번 끔뻑이다가 뒤돌아섰다.

"그럼, 벨사크 씨가 도시에 가는 건가요?"

"만약 부탁을 들어주신다면 말입니다만. 무슨 문제가 있는 겁니까?"

"……아뇨, 저기."

말끝을 흐리던 소녀가 말을 마쳤다.

"소제는, 이 마을을 나간 적이 없거든요."

"한 번도?"

"네. 한 번도."

회색 후드가 오르락내리락했다.

"아, 하지만 가끔 정기 도서관이나 짐을 많이 실은 행상이 와 줘요. 그걸 어릴 적부터 늘 기대해서요!"

"도서관. 책을 좋아하나 보군요."

"네. 탐정 소설 같은 걸 좋아하는데, 특히 고전을……."

후드 소녀의 목소리는 한순간 들떴다가 바로 시들시들 불이 꺼진 것처럼 가라앉았다.

"……죄송해요. 소제 얘기나 해서."

"당신 얘기를 물었는데 사과할 필요가 어디 있겠습니까."

살짝 쓴웃음 지은 오라비가 고개를 가로저었다.

"잠시 얘기만 나눴는데도 당신이 뭔가를 염려하는 건 알겠더군요. 하지만 필요 이상으로 비굴해질 필요는 없을 겁니다. 더 자신감 있게 말해도 되지 않을까요."

"자신감, 말인가요."

"벨사크 씨도 당신을 신뢰하니 이렇게 안내를 맡긴 거겠죠. 당신이 당신 자신을 믿지 못해도 친한 사람이라면 믿을 수 있는 게 아닙니까?"

"…………."

소녀의 오른쪽 어깨가 순간 떨렸다. 아까 날카로운 소리가 들렸을 때와 같은 느낌이었지만 이번에는 오른손을 두 번쯤 흔들었을 뿐이었다.

눈을 맞추지 않고 옆을 바라본 상태로 묻는다.

"손님은, 그랬던 건가요?"

"아무튼 미숙한 신세였던지라. 제대로 자신감을 가진 적은 그야말로 한 번도 없죠. 그래도 웬만큼 살다 보면 요행으로 믿어주는 상대도 생기기 마련입니다."

"…………."

소녀는 오른쪽 어깨를 누른 채로 다시 침묵했다.

그러다가 오라비가 물었다.

"벨사크 씨와는 무슨 관계이신지?"

오, 궁금하던 부분을 치고 들어갔다.

딱 부모자식만한 연령차지만 부녀관계 같지는 않다. 그렇다고 이웃사촌이라기에는 거리감이 미묘했다.

"선생님, 같은 관계죠."

"선생님?"

"소제도, 이곳의 묘지기가 되니까요."

"허어. 집안 관계로?"

"블랙모아의 묘지기는 마을에서 한 명, 차기 묘지기를 뽑아요. 먼 옛날부터 전해지는 관습이라고 해서…… 9년하고 좀 더 전에 벨사크 씨는 저를 택했어요."

그렇군. 그런 구조였나.

이 마을 자체가 블랙모아의 묘지와 계약한 느낌이다. 원래 묘지가 있고 그 주위에 마을이 생겨난 것인지, 먼저 마을이 생기고 나중에 묘지가 생긴 것인지는 모르겠지만 묘지기가 단절되지 않도록 만들어낸 시스템일 것이다. 음음, 이런 생각을 하고 있으면 왠지 오라비의 현지조사 버릇이 옮은 느낌인데.

"하지만…… 못해요."

"뭐가 말이죠?"

오라비가 물어보자 소녀의 등골이 움찔 떨렸다.

"왜 그러죠?"

"……소제는."

소녀는 잠시 외투 앞섶을 눌렀다. 도무지 수그러들지 않는 뭔가를 필사적으로 막아두는 것 같은 모습이었다.

이윽고 폐에 들어찬 돌을 내뱉듯이 말했다.

"……소제는, 영이 무서워요."

영(靈).

이 경우, 미신이 아니다.

현실에 망령과 악령이 존재한다는 사실을 마술사는 우리 알고 있다. 그러므로 사령술도 연마를 거듭하고, 성당교회의 세례 영창도 큰 의미를 지닌다. 비슷하면서도 다른 존재지만 영령 또한 확실히 이 유형이다.

"어이없겠죠. 여기는 무척 오래되고 무척 유서 깊은 묘지라고 들었는데. 그 묘지의 묘지기가 되겠다는 소제가 영을 무서워하다니."

고개 숙인 채로 소녀가 고백했다.

"하지만 철이 들었을 적부터 줄곧 이래요. 그래서 이 마을의 묘지는 유명한데도 소제만은 내내 접근하지 않았을 정도인데……. 그런데 왜 벨사크 씨가 자신을 택했는지…… 왜 택하고 그랬는지, 모르겠어요."

그것이 소녀를 대하는 마을 사람의 태도와 그녀 자신이 풍기는 괴리의 이유일까.

모르겠다.

다만 소녀는 가슴 앞에서 주먹을 꽉 움켜쥐고 있었다.

"지금도, 이 묘지에 있기만 해도 머리가 이상해질 지경이에요."

쉰 음성이 묘비 사이로 흐른다.

가뜩이나 몸집이 작은 소녀는 더욱더 오므라들어 당장에라도 사라져 버릴 것만 같다.

그런데 오라비가 건네는 말은, 결코 위로하는 것도 달래는 것도 아니라 학생의 리포트를 강평하는 것처럼 담담했다.

"벨사크 씨가 당신을 택한 건, 그냥 단순히 당신이 우수하기 때문이 아닐까요?"

이렇게 말한 것이다.

"소제가……요? 설마."

"물론 지금의 공포를 모종의 형태로 극복하거나 승화할 필요는 있겠죠. 하지만 마술에도 가볍게 접촉하는 사람보다 그 두려움을 아는 사람 쪽이 대성할 때가 많기 마련입니다. 첫 좌절은 축복일지도 모르죠."

여간 뜻밖의 말이 아니었는지 소녀가 멍하니 돌아보고 있었다.

이 애가 누군가와 똑바로 마주 보는 모습을 목격한 건 이 마을에 오고 처음일지도 몰랐다.

"좌절이, 축복?"

"간혹 그럴 경우도 있겠죠. 물론 축복으로 삼을지 저주로 삼을지는 본인 하기 나름입니다만. ……흥, 깜빡 실수해서 좌절한다는 걸 이해도 못하는 천재 같은 바보보다 훨씬 장하지."

마지막 부분은 비교적 사적 원한과 질투가 훤히 드러난 말이었지만 흘려듣자. 실제로 그 점을 이해하지 못하는 바람에 그 문제아가 타인과 마술을 공유할 수 없는 것도 사실이긴 하고.

소녀는 한참 우두커니 서 있었다.

그 얼굴이 빙글 뒤돌자 묘지 입구에 가늘게 긴 인영이 서 있었다.

"아아, 찾았다."

"어머니."

바람이 잘 들 것 같은 케이프를 걸친, 자상한 인상의 여성이었다.

나이는 서른 중반 정도일까. 눈에 띄는 용모는 아니지만, 부드러운 표정에 안도감을 부르는 포근함이 배어 있었다.

"잘됐다. 이만 예배드릴 시간이란다. 자, 돌아가서 기도해야지?"

"……하지만, 벨사크 씨에게 안내를 부탁받아서."

"못 써. 묘지기는 중요한 일이겠지만 예배를 빼먹으면 안 되잖니? 그리고 항상 이 묘지가 무섭다며. 무리하면 안 돼."

생긋 웃고 모친은 소녀에게로 한 걸음 다가갔다.

"그렇잖아. 너는 귀한 몸인걸."

기묘한 느낌을 받았다.

그 말은 어미가 자식에게 할 표현일까? 지극히 잘 어울리는데, 아주 사소한 가시가 살갗에 남은 듯이 아픔과 간지러움이 섞인 감각. 단추를 잘못 끼운 것 같은 위화감이 씻기지 않았다.

모친이 우리를 돌아보고 말했다.

"손님도, 죄송하지만 상관없으시겠죠?"

"알겠습니다. 얼추 안내는 받은지라. 감사했습니다."

오라비가 감사를 표하자 회색 후드의 소녀는 미련이 남은 듯 돌아보다가 바로 고개를 숙이고 딱 한마디만 남겼다.

"저, 모쪼록 늪에는 가지 마시길 부탁드려요."

"아무렴요."

오라비가 긍정하고, 이를 확인한 모친이 소녀와 함께 발길을 돌렸다.

"그럼, 이만."

"잠깐."

오라비가 그 등에 말을 건넸다.

"이 애에게, 하실 말씀이 더 있나요?"

"한 가지만 더. ……기회를 깜빡 놓쳤는데, 성함을 여쭈어도 될까요?"

잠시 사이를 두고.

"……그레이."
_{이도 저도 아닌 아이}

소녀는 그렇게 속삭였다.

갑자기 구름 틈으로 햇빛이 샜다.

"아무것도 되지 못하는, 그레이예요."

목소리가 여름 바람에 섞였다.

따뜻한 빛을 머금은 바람인데 왠지 어두운 여운이 묻어 있었다. 소녀의 이름에 어울릴지도 몰랐다.

그녀와 모친이 떠난 뒤 오라비는 한동안 묘지 안을 돌아다녔다.

이번에는 시가를 꺼내서 여느 때처럼 천천히 성냥으로 태워 불을 붙였다. 입술에 물고 나서 그레이가 있었을 때와 마찬가지로 묘지를 여러 번 빙빙 돌았지만, 잠시 있다가 신음과 함께 머리카락을 쥐어뜯었다.

"왜 그러시나? 오라버니."

"……아아. 자리가 영 불편해."

"아까 모친 말이야?"

"그 이유도 없진 않지만 이 장소가 영 마뜩잖아. 내 조사 능력이 더 나았으면 좋았을 텐데."

오라비가 무겁게 한숨을 쉰 뒤 말을 꺼냈다.

"미안하네. 라이네스, 봐 줄 수 있을까?"

"후음?"

나는 귀찮은 내색으로 그 말에 따라 안구의 마력을 구동했다. 아아, 나중에 안약을 넣어야 하는 게 귀찮군. 그거 꽤 통증 심한데, 아무리 그래도 이 마을에서 붉게 빛나는 눈을 선보일 수도 없겠지.

바로 주위의 마나가 떠올랐다.

도회지보다 훨씬 활발한 마력 상태. 묘지 이곳저곳에 찌든 염(念)이 안개처럼 떠오르다가는 사라져서, 싸구려 호러물의 유령과 같은 상황이다.

"특별히 이상은 없는 것 같은데? 묘지라면 이런 법이잖아."

"한 곳만이 아니라 전체적으로 봐주게. 초점은 맞추지 말고 의식은 멍하니 머리 위에 두고. 마안만으로 보는 게 아니라 마안이든 자기 자신이든 모두 제어하는 또 하나의 자신을 만들어내는 이미지다."

"이보십쇼. 점점 수업 같아졌다만."

투덜대면서 그 말대로 실행했다.

실눈을 뜨며 또 하나의 자신을 상상. 일단 마술의 기본이긴 하고 애먹을 이유도 없다. 다만 마안과 동시에 하라면 꽤 섬세하게 집중할 필요가 있었다.

비전이 천천히 변화한다.

'……이건, 뭐야.'

나는 눈썹을 찡그렸다.

조금 전 후드 소녀—— 그레이가 말하던 영 말인데, 대개는 망자의 사념이 공간에 눌어붙은 것이다. 세계에 새겨진 망자의 자국이라고 해도 무방하리라. 대부분 별반 시간이 지나지 않아도 사라지지만, 가끔 토지나 물품에 모종의 마력을 띠고 장기간 잔존할 때가 있다. 사연 있는 유령저택이나 맨션은 이렇게 생긴다는 뜻이지. 뭐, 우리 나라는 유령을 좀 과하게 밝혀서 그런 건물이 도리어 가격이 뛰기도 하지만.

"왜 그러지?"

"아니, 뭐랄까……. 이렇게 보니 이곳의 영은 농밀한데 희박하군."

오라비의 말에 답변하면서 나는 마안에서 오는 정보에 당혹스러워하는 중이었다.

마력은 극히 농밀하며 잔류사념도 또렷하게 머물러 있는데, 개개의 윤곽이 당최 애매하다. 개개의 영과 마력의 구별이 거의 안 되어서 혼연일체가 된 아지랑이로만 인식된다.

그러면서도 단순한 마력과는 다른, 기묘한 지향성도 느껴졌다.

나도 사령술은 전문이 아니라서 사령이 아무리 한탄한들 그걸 언어화할 수 있는 센스는 없지만, 그 지향성에 마술사다운 호기심이 솟는 것을 느꼈다.

마치 묘지 전체가, 하나의 거대한 망령인 것 같은 감각——이것이 블랙모아의 묘지인가.

그중에서 옅게 깜빡이는 몇 가닥의 선이 내 눈에 들었다.

"……이건, 실인가? 이것만 왠지 융화되지 않는데."

담배 연기 때문에 도드라진 것 같은, 만지려고 하면 도망치는 그 형상.

묘지 자체와는 명백하게 다른 존재로, 그 이야기를 하자 오라비가 옳다구나 손가락을 딱 튕겼다.

"빙고!"

"음, 짐작 가는 게 있었나."

"그래. 이곳 묘지에 밖에서 뭔가가 간섭하는 기척이 있더군. 네 눈으로 바로 발견됐다는 건 위장은 안 했단 소리야. 일단 투명화는 했지만 발견되면 발견되는 대로 상관없다는 속셈일까."

"대단한 눈이 아니라서 미안하군그래."

하기야 마안으로 따지면 어설프긴 하지.

그런데도 오라비가 부러운 눈치인 건 쏠쏠한 재미지만, 솔직히 현시점에선 고마울 때보다 불편할 때가 더 많다. 안약도 그렇지만 눈의 통증 때문에 마술 쓰려다가 몇 번이나 쓰러졌는지. 물론 오라비가 지도한 이후로는 내 통각의 빠듯한 한계점을 내다보고 있는지, 쓰러질 뻔한 적은 있어도 쓰러진 적은 처음 몇 번밖에 없다. ……제길, 스파르타식 교사놈.

"실이라는 게 어디로 이어졌는지는 알겠나?"

"좀 있어 봐……. 저쪽이군."

내가 시선을 주었다.

늪과는 반대 방향이었다.

그쪽은 야트막한 언덕이어서 올려다보자 아무래도 낡은 풍차 오두막이 세워져 있는 것 같았다.

"……그러고 보니 손님이 잇따른다고 그랬었지."

오라비가 속삭였다.

벨사크와 처음 만났을 때 나온 말이다. 그는 우리를 가리키며 그런 말을 언급했었다.

"한 번, 만나볼까."

3

언덕에서는 조금 전 있던 묘지와 늪이 내려다보였다.

"아항, 저게 말로 듣던 늪인가."

접근하지 말라고 들었지만 멀리서 살피는 것쯤은 상관없으리라.

의외로 큰 늪으로, 좀 전의 묘지 정도는 몽땅 들어갈 만하다. 진흙이 섞여 투명도가 낮은 상태로 보건대, 옛날에는 발이 미끄러져 빠진 사람이 그대로 떠오르지 않았다…… 같은 일이 있었을지도 모른다.

'혹은 유독성 가스가 발생할 가능성도 있군.'

멍하니 생각했다.

도깨비불^{월 오 위 습} 현상이 발생하는 이유 중 하나는 습지 등에서 나오는 발화성 가스 때문이라는 이야기가 있었을 터다. 낭만이 없는 이야기이긴 한데 세상에 그리 흔하게 진짜배기 신비가 남아있을 턱이 없고, 거의 이런 진상에 다다르기 마련이다.

풍차도 이미 망가졌는지 바람깨나 부는데도 움직일 낌새가 없었다.

과거 돈키호테가 괴물이라고 믿으며 돌격했던 건조물은, 지금은 송장 같았다.

붙여 세운 오두막의 문을 오라비가 두드렸다.

대답은 없다.

"잠기진 않았군. 들어가 보지."

"이봐."

만류할 틈도 없이 오라비가 문을 열었다.

이럴 때, 우리 오라비는 무턱대고 과감하다. 서슴없이 들어서서 방 내부를 보고 눈썹을 찡그렸다.

"이건……?"

정돈된 오두막 내부에는 놀랍도록 현대적인 기기가 갖춰져 있었다.

아니, 이건 정말 현대기기가 맞나?

현대과학을 싫어하기 일쑤인 마술사 틈에서, 나는 유리하기 때문이라는 이유 하나로 컴퓨터에도 손을 대고 있지만 일반적으로 본 적도 없는 기종뿐이었다. 수정을 깎아낸 것 같은 직육면체는 얼핏 최근의 투명 컴퓨터로도 보이지만 키보드와 마우스 같은 당연히 있어야 할 인터페이스가 눈에 띄지 않는다.

'그렇다면⋯⋯.'

한 가지 예상이 뇌리에 번뜩였다.

그런 기기를 다루는 일파가 존재하기 때문이다.

하지만 평상시 그 일파는 땅속에 처박혀 있기로 유명하다. 두더지라고 야유받을 때도 있으면서 결코 무시하지 못할 만큼은 강대한 조직.

오라비의 시선이 올라갔다.

축축한 어둠은 몇십 년씩 보관된 와인과 비슷했다. 누구도 그 베일 속을 엿보게 두지 않고 아주 느릿느릿 양조된 어둠. 그런 망상을 부추기는 시간 끝에.

"──컷."

침착한 목소리가, 튀어나왔다. 이어서, 발소리.

내 체중에도 크게 삐걱거릴 만큼 부식된 장소지만 그 상대의 발소리는 고양이처럼 작았다.

어둠을 가르며 금발이 나타나고 긴 케이프 자락이 나풀거렸다.

눈을 감은 외견은 20대 중반 가량으로 보였다. 하지만 결코 그 외견과 같은 나이일 리가 없다.

"컷이라고 할 수밖에 없겠어."

그는 단정한 입술로 속삭였다.

"명색이 현대마술과의 새 로드와 원장이 만나는 곳일진대 무대 세팅을 그르쳤군. 연출이든 각본이든 감독이든, 크게 책임을 물어야겠지. 소박한 디자인은 나쁘지 않지만 극적인 장면은 그만한 양식도 필요한 법."

"……설마."

세포 전부가 끓어오르는 줄 알았다.

그 상대의 정체는 너무나도 유리되어 있었다. 아무리 고명한 묘지라고 해도 이런 외딴 마을에 나타나는 건 이상 사태를 뛰어넘었다.

원장.

그 직함은 시계탑에도 존재한다.

단, 거의 전설상의 존재라고 해도 된다. 열두 로드를 넘는 정점. 시계탑 설립부터 한 번도 대물림하지 않았다고 회자되는 마술사는 나조차도 직접 뵌 적이 없는 상대다.

"아아, 원래라면 현관까지 마중 나가야 했겠지만, 오늘도 햇볕이 따갑더군. 다소 까다로운 체질이라서 말이야. 일단 대책은 세웠지만 직사일광은 번거로워."

"…………."

솔직히 말하겠다.

블랙모아의 묘지도 묘지기도, 이때 내 머리에서는 싹 날아가 있었다. 이 토지에서 일어난 모든 사건은 이미 가물가물한 기억으로 전락했다. 가벼운 마음으로 따라온 오라비의 여행길에 이런 상대가 기다리고 있었을 줄, 누가 알았으랴.

'……그럼, 이게…….'

마술협회라면 현재 거의 시계탑을 뜻하는 말이 되었지만, 본래는 세 조직으로 구성되었다.

하나는, 물론 시계탑.

또 하나는, 옛 신화시대의 마술을 신봉하는 방황해(彷徨海).

그리고 마지막 하나는, 서양과는 다른 옛 연금술을 취지에 둔 이단——.

"……제피아 엘트남 아틀라시아."

오라비가 나지막이 중얼거렸다.

제3의 마술협회—— 아틀라스 원(院)의 원장이 거기 서 있었다.

4

눈을 감은 채로 제피아는 천천히 입을 열었다.

"그다지 뜻밖이란 표정을 안 짓는군."

"물론, 놀랐소. 지나치게 놀라면 표정에 드러나지 않을 뿐이라."

제피아 앞에서 오라비가 크게 숨을 내뱉었다.

실제로 긴장한 건 관자놀이에 흐르는 식은땀으로 알 수 있다. 지나치게 놀랐다고 한 말은 겸손도 비유도 아니며 단순한 진실일 것이다. 도리어 충격파가 좀 더 낮았더라면 졸도했을지도 모른다.

"아틀라스 원의 원장이, 이런 곳에서 무슨 일을?"

"뭘, 별것 아닌 데이터 수집 때문에 말이야. 한동안 체류할 예정이지."

점잔 빼는 음성이 옅은 어둠 속에 울렸다.

이번만은 나도 오라비 못하지 않게 전율하고 있었다.

펄떡펄떡 뛰는 심장은 한 번만 더 건드리면 뻥 터져버릴 것만 같다. 만에 하나라도 여기서 오라비와 제피아가 임전 태세에 들어가면 마술협회의 역사가 바뀔지도 모른다. 그런 일은 있을 수 없다고 이성이 부르짖어도 예측 불능의 사태에 공포가 머리를 내밀고 만다.

오라비가 시선을 살짝 내렸다.

"아틀라스 원의 우두머리가 이런 곳에 있는데, 불편사항은 없소?"

"하하하. 전화선 까는 것도 싫어하는 시계탑과는 달라. 이미 원장이 별 어디에 있어도 정보공유에는 지장이 없고말고. 그러하다면, 최소한 나 개인에 한해선 좋아서 두더지 생활을 할 필요도 없는 바지."

입술을 일그러뜨리며 남자는 어깨를 으쓱였다.

"뭐, 원장에 따라서는 방침이 완전히 바뀌겠다마는."

연극조의 몸짓이 이 상대에겐 그럴싸했다. 이 남자 주위만 은막을 그대로 오려낸 것만 같다.

그런 구석은 역시 20대 청년으로밖에 보이지 않는다. 청춘이라기에는 제철을 넘겼겠지만 아직 젊음을 구가하는 연배다. ……장수에 도달한 마술사는 많지만 이건 비정상이다. 아틀라스 원의 원장은 벌써 몇백 년이나 대물림하지 않았다고 들었는데.

아니, 솔직히 말하면 이미 결론은 나와 있다.

별로 떠올리기 싫은 부류의 답이긴 했지만 이내 제피아 쪽에서 긍정했다.

"그래. 햇빛이 고역이래서 일찌감치 눈치챘겠군."

입술에서 드러난 이가 희미하게 뾰족했다.

"전부터 나는 사도(死徒)가 되었거든."

이게, 불로의 이유인가.

사도는 현대에 무릇 흡혈귀로 알려진 특성을 보유하고 있다.

요컨대, 불로장수.

요컨대, 혈액욕구.

요컨대, 햇빛의 기피.

직사일광이 아니라고는 해도 간접광은 닿고 있다. 그런데도 동요하지 않는 걸 보니 앞서 말한 대로 대책은 상당히 강구했으리라.

그 머리가 천천히 주위를 둘러보았다.

"이쪽은 라이네스 엘멜로이 아치조르테가 맞나?"

"……아, 네."

오라비뿐만 아니라 내 프로필도 파악이 끝난 모양이다.

"오호라. 이번 각본은 자네들 둘이 여기에 오는 패턴인가."

"무슨 뜻입니까."

오라비가 묻자 제피아가 빙글 몸을 틀었다.

"제피아 경."

"와인이라도 한잔하세. 엘멜로이의 공주와 로드 엘멜로이. 아니, 2세를 다는 편이 좋았던가."

늘 하는 말까지 선수를 빼앗겨서 오라비가 작게 숨을 집어삼키는 소리가 들렸다.

이렇게나 페이스를 빼앗긴 채로 휘둘리는 건 여태까지 없었던 사태였다.

"당신은, 와인을 마시는 거요?"

"잡담과 이쪽 성능 분석을 겸한 좋은 질문이네, 로드 엘멜로이 2세. 무슨 소설도 아니잖은가. 기호품으로서는 즐기고말고. 그리고 사고 5번의 연산 결과에 따르면 자네는 대략 그 경우에 정보 공유를 바라지. 피차 시간이 귀중한 신세잖나. 헛되이 하지 않기 위해서도 여기서 교류를 가지는 편이 나을까 싶네."

"……친절한 말씀 고맙소."

잠시 머뭇댄 끝에 오라비가 끄덕였다.

바로 오두막 안쪽으로 안내받았다. 아마 원래는 벨사크가 쓰던 오두막집과 비슷한 구조겠지만 이미 생판 다른 곳이었다.

아까 입구도 그랬지만 대충 목재만 쌓았을 벽은 틈새 바람 하나 들지 않고, 품격 있는 탁자와 의자도 놓여 있으며, 무슨 설비를 갖추었는지 스윽 떠오른 와인병이 자동적으로 내용물을 따라주기까지 했다.

아마 마술하곤 다르다.

해묵은 아틀라스의 연금술.

대치하고만 있어도 덥지도 않은데 땀이 샘솟는다. 자율신경이 이상을 일으킨다.

덕분에 와인 맛도 제대로 모르겠다. 타닌의 쓴맛만이 목을 넘어갔다. 그런데도 우리가 삼킨 것을 확인한 뒤, 제피아역시 천천히 자신의 유리잔을 기울이며 말을 꺼냈다.

"그래. 자네들이 의문으로 여길 점부터 짚어볼까? 일단 블랙모아의 묘지와 내 관계부터 궁금한 게 아닐까? 대개의 각본에서, 자네는—— 이런 곳에서 당신과 만난 것만으로도 우리는 혼란스러워하고 있다는 식으로 말하니까."

지독히 기묘한 기분이었다.

사건이 일어나지도 않았는데 처음부터 내용 누설을 당하는 감각. 추리 소설에서 결말부터 읽는 짓은 좋아하지만 타인이 그러면 근질거린다. 오히려 가렵기 전부터 피부를 부드럽게 긁는 것 같다고 표현하면 맞을까.

"블랙모아란 본디 여기 일족과 연이 있는, 오래된 사도의 이름일세."

제피아가 말했다.

"새를 사역하는 마술사 출신의 사도로, 이천 년 이상 전에 이름을 날렸지만 안타깝게도 이 각본에선 소멸하고 말았지. 이 일족은 사도에게 경의를 표해 그 이름을 쓰게 되었다더군. 나 또한 그와 다소나마 연결고리가 있어."

"연결고리라, 하면?"

오라비가 묻고 제피아가 끄덕였다.

"그래. 과거의 연산 결과 중 하나를 풀어보자면…… 경우에 따라서는 그는 내 동포가 되었을지도 몰라."

"동포? 천 년인지 이천 년인지 전의 사도가?"

"암. 그 경우, 수로 따지면 스물을 넘었을까? 어디까지나 가능성으로 따지자면 그리될 수 있었다는 것뿐이지만, 나로서는 그럭저럭 연고가 있는 장소야. 물론 블랙모아와 동포가 될 가능성은 내가 태어나기보다 전—— 몇 가지 있을 수 있던 나뭇가지의 최후로 따져도 현재로부터 천칠백 년 가까이 전에 잘려나갔다마는."

'…………'

뭐가 뭔지 모르겠다.

뭔가 중대한 말을 듣고 있는 것 같긴 한데 그게 당최 연결되지를 않았다.

사도와 만난 게 처음은 아니다. 시계탑의 마술사에도 거기에 이르는 연구에 혈안이 된 자들이 있다. 여하튼 노쇠를 신경 쓰지 않아도 된다는 건 큰 이점이다. 근원의 소용돌이에 다다를 때까지 시간은 반드시 필요한 법이다. 결과적으로 대부분 마술사는 자손에게 소망을 의탁하고 가기 마련인데, 교육 및 전달상의 손실을 낮출 수 있다면 다소 사법(邪法)에 손을 대는 자가 나와도 자연스러울 것이다.

그런데, 이것은 다르다.

큰 범주에서, 인간하고 대화하는 기분조차 안 든다.

마치 인터넷에 접속한 컴퓨터가 순서든 앞뒤 시간수열이든 싹 무시한 채 검색한 정보만을 마냥 쏟아내는 것만 같다.

"좀 더 덧붙이자면, 이 묘지를 만든 일족은 사도 블랙모아와 마찬가지로 새를 사역하던 마술사일세. 인간을 관장하는 세 요소, 다시 말해 육체·정신·혼 중, 혼을 나르는 존재로 특히 까마귀를 중용했었어. 이 부분은 묘지기도 해박할 거야. 일반에서 멀어졌지만 여전히 그들은 구전을 통한 한정 계승의 마술사니까."

"잠깐만."

과연 잠자코 있다 못해 오라비가 제지했다.

"그런 소리를 잇달아 말해도 난처해. 이런 곳에서 당신과 만난 것만으로도 우리는 혼란스러——."

거기까지 말하던 중에 중단했다.

당연한 노릇이다.

바로 직전, 제피아가 예언한 대사와 판박이였으니까.

"미안하네. 기분이 상할 줄은 알았지만 대화의 코스트는 절약할 수 있겠다 싶었어. 나중에 비슷한 말을 묻고 싶어지니 두 번 수고할 걸 피할 수 있거든."

천연덕스레 제피아가 대꾸했다.

오라비는 와인잔을 든 채로 정지해 있었다. 필사적으로 버티고는 있지만 붉은 표면이 희미하게 물결치고 있었다.

"……일종의, 미래시의 마안이오?"

"미래시하곤 다르지. 예측의 미래시와는 확실히 가까운 부분도 있지만 비슷하면서도 다른 것이야. 설혹 이야기로서 제작 과정이 공통되어도 소설과 오페라는 전혀 다른 것이 아닌가? 아아, 기왕이니 치즈도 들게나. 좀처럼 사람이 오지 않으니 사양하지 말아 주게. 이야기를 이해하려면 뇌에 주는 에너지가 불가결해."

이제 와서 치즈와 건포도가 추가되었다.

양쪽 다 양질이라는 것만은 냄새로 짐작이 갔다. 이쪽도 접시째 둥둥 떠서 탁자에 올라왔는데, 아까 묘지에 맴돌던 실을 이용한 것일까.

"그럼 대관절 당신은 무슨 말을 하는 거요?"

"가능성의 편재라네. 자네가 이곳을 방문할 것은 얼추 확신이 있었지만, 찾아오는 것 중에 어느 각본이 될지는 한정하기 어려웠어. 예를 들어 엘멜로이의 공주를 데리고 올지 말지는 별로 자신도 없었거든."

"——나를, 데려오는 것이?"

화제가 넘어와서 내가 눈을 깜빡이자 제피아는 낮은 속삭임으로 대꾸했다.

"우리는 가능성 속을 살고 있지. 천차만별로 분기하는 사건의, 우연히 한 파도에 출렁이고 있을 뿐이라고 해도 돼. 파도를 옮겨 타는 건 거의 불가능하지만, 다른 파도의 모양을 연산하고 어림잡는 정도는 가능하지. 많은 파도를 연산하다 보면 흔한 각본이 어떤 것이냐는 답도 상상이 가."

의자에 등을 기대며 아틀라스 원의 원장은 작게 숨을 내쉬었다.

그나마 호흡은 하는구나 싶었다. 이 상대와 우리 사이의 공통점을 헤아려봤자 뭐가 되겠느냐 생각을 해도 안 그럴 수가 없었다.

"나는 탐정이 아닐세. 추리 따위 안 해. 가능성은 무한하진 않아도 무수히 퍼져 있는 것이니 그 하나하나를 다 검증하긴 불가능하네. 이건 검증하는 동안에 다른 가능성이 생기기 때문이라는 단순한 문제 때문이지. 아킬레스가 거북을 따라잡지 못하는 것과 마찬가지야."

와인을 빙글 흔들면서 말하는 제피아는 데이터를 끝도 없이 테이프로 뱉어내는, 케케묵은 SF 영화의 계산기 같다.

마술사인 나조차도 거의 망발로밖에 여겨지지 않았다.

"가능성의 분기는, 결코 무한하지 않아."

노래하듯이 한 번 더 제피아가 말했다.

"무한하다는 확산에는 이 우주마저도 견딜 수 없기 때문이야. 그러나 인류가 모든 것을 파악할 수 없을 정도로 무수하긴 해. 그래서 무대와 인물에도 한정을 걸고 계산할 수 있는 곳까지 추려내는 것이 제피아라는 존재의 역사였을지도 모르지."

"…………."

조금씩, 이해가 되었다.

그렇군……. 여기에 있는 건 계산의 화신이다.

마술사와는 비슷하면서도 다른 존재. 과학과도 아득히 먼 옛날에 결별한 존재. 한결같이 쌓아 올린 숫자와 해석의 결과는 이 현실조차 하나의 시뮬레이션으로만 간주한다. 무수히 계산해온 가공세계 중 하나로서, 지나치게 높은 시점에서 우리와 대화하고 있는 것이다.

같은 마술협회임에도 그 시점은 이미 차원이 다를 만큼 동떨어졌다. 격이 높거나 낮은 게 아니라, 지닌 전제와 서 있는 토대가 지나치게 다르다. 아마도 오라비 같은 미숙한 마술사가 아니라 다른 로드가 이 자리에 있어 봤자 이 결과는 거의 달라지지 않을 것이다.

……애당초, 살아 있기는 한 것일까.

지나치게 높은 곳에 있는 시야는 이미 단순한 재능이나 기술의 틀에 매어둘 수 있는 게 아니다.

사람은 새가 될 수 없다. 빌딩에서 떨어지면 추락할 뿐이다. 너무나도 동떨어진 저 높은 곳에서 내려다보며, 여기서 떨어지면 편해진다는 자살욕구에 몇백 년씩 버티는 건 아무리 아틀라스 원이라도 까다롭기 그지없는 미션이지 않겠는가.

사도가 되어 일반적인 생명활동마저 진즉에 그만둔 사고 기계는 도대체 어떤 식으로 세계를 보고 있을까.

나는 시계탑의 그 어떤 마술사에게서도 느끼지 못한 오한을 느끼고 있었다. 마술이 강대하고 신비가 오래 묵은 게 다가 아니다. 완전히 이질적인 능력과 역사에 뒷받침된 또 하나의 마술협회.

아틀라스 원.

과거에는 같은 마술협회였음에도 길을 갈라선 상대.

마술의 세계에는 진실 같이 전해지는 말이 있다.

아틀라스의 뚜껑을 뜯지 마라. 세계를 일곱 번 멸할 거다. ──이런 말이.

오라비는 살짝 끄덕였다.

"확실히, 의의가 있는 얘기였다고 생각하오. 아니, 아마 의의가 있는 얘기였다고 나중에 깨닫겠군."

"역시 대단해, 엘멜로이 2세. 시계탑의 마술사 중에서도 자네는 대체로 그 지점에 가장 빨리 다다르는 인물 중 하나일세."

"칭찬해 주셔서 영광이오만, 아마 자신감이 부족할 뿐일

거요. 남의 말을 쉬이 받아들이는 건 실력이 부족한 걸 알기 때문이야."

"그게 바로 세계를 보다 좋게 하는 요인이고말고. 자네의 영향은 자네 생각보다 훨씬 먼 곳까지 닿네. 자네가 세계에 드리운 그림자는 자네 인생의 비거리마저 추월해. 그렇기에 자네 스승이 무의미하게 사라진 것에도 의미가 있었다고 할 수 있겠지."

"케이네스 선생을 들먹이지 마."

처음으로 오라비가 언성을 높였다.

일어선 기세로 의자가 뒤로 쓰러지며 큰 소리를 냈다.

"……실례했소."

오라비가 고개를 숙였다.

"아니, 내 쪽이 너무 깊은 얘기를 했네. 이참에 사과 대신 한 가지 경고해 두지."

제피아가 한 손을 들고 말을 덧붙였다.

"자네는 지금부터 몇 가지 결단에 쫓길 거야. 어느 쪽이 좋을지 판단할 수는 없지만 무대에 서는 배우는 그만한 각오를 마쳐 두는 게 좋겠지. 이 여행에서 자네가 택할 각본은 필시 성배전쟁에 어떻게 관계할지 결정하게 될 테니까."

"성배전쟁……!"

신음이 새어 나왔다.

아아, 그 때문에 이 묘지에 찾아왔다. 성배전쟁에서 승리할 수단을 손에 넣고자 오라비는 이 마을을 방문했다고 설명했다. 이토록 삼라만상을 계측하길 그치지 않는 제피아라면 그 소망을 알아도 이상하지는 않으리라.

하지만 성배전쟁에 어떻게 관계할지 결정하게 된다는 건?

의문을 풀기보다 먼저 이변이 발생했다.

우리가 들어온 통로에서 또 하나의 인영이 나타난 것이다.

"……너희가 왜 이런 곳에?"

낮은 음성은 들은 기억이 있었다.

"여어, 벨사크 군. 자네는 늘 시간을 딱 지키는군."

제피아는 케이프 속에서 고풍스러운 회중시계를 꺼내고 입술 끝을 슬며시 끌어올렸다.

5

"설마, 처첫과 만나고 있었을 줄이야."

씁쓸한 목소리로 벨사크가 말했다.

바로 옆의 숲속 그늘이었다.

풍차 오두막에서 떨어져 이동해 온 곳이었다.

벨사크는 제피아와 고작 몇 분가량 대화만 나눈 뒤 곧장 오라비와 나를 데리고 풍차 오두막에서 나왔다.

오후의 바람에 나무 꼭대기가 흔들렸다.

나는 일단 몰래 호흡법을 시행하고 있었다.

피폐한 뇌가 아직 회복하지 않았다. 저 상대와 잠시 대화만 나누었는데―― 그것도 태반은 오라비에게 맡겼건만, 속의 속까지 끈적거리는 피로가 묻어난다. 이래 봬도 시계탑의 속물들과 웬만큼 산전수전을 겪었다는 자신은 있었는데, 그 아틀라스 원의 원장은 전혀 다른 존재였다.

내 인식이든 시간순서든 현실이든, 모조리 뒤섞고 흔드는 것만 같은 체험이었다. 아틀라스 원의 구성원이 다들 저럴 것 같지는 않지만, 만약 그렇다고 가정하면 그들이 영위하는 사회는 얼마나 기형적일까. 아니 그건 사회라고 말할 수나 있을까.

잠시 뜸을 들이다가 벨사크가 물었다.

"그레이는 어쨌지?"

"어머니가 마중 나온 바람에."

"그렇군."

짧게 벨사크가 말했다.

주의 깊게 우리 낌새를 살피는 벨사크.

"먼저 확인해 두고 싶다."

그리고 질문을 꺼냈다.

"어젯밤, 너희는 저 오두막에서 나와 돌아다녔나?"

"응?"

그건 처음에 벨사크가 설명한 규칙이었다.

눈썹을 찌푸린 오라비가 되물었다.

"아니요. 그거야말로 당신이 금지하지 않았습니까? 무슨 소리죠?"

"…………."

잠시 벨사크는 말없이 우리를 번갈아 보았다.

날카로운 눈초리는 까마귀라기보다 맹금류와 닮았다. 더 자세히 말하자면 매보다도 올빼미일까. 무게마저 느껴지는 눈빛은 어두운 숲의 지혜를 간직하고 있었다.

우리가 그런 감상을 느낄 때, 벨사크가 천천히 선고했다.

"어젯밤, 한 가지 사고가 있었다."

"어젯밤?"

"마을에, 터부를 어긴 자가 있었어. 어기면 그런 줄 알도록 되어 있지."

그건 뭔 장치인데.

아니 그보다 그 얘기를 안 한 건 퍽 심술궂은데. 우리가 어겼더라면 거 보라며 들이칠 심산이었을까.

나도 무심결에 대충 손을 내젓고 말았다.

"그럼 범인을 후딱 잡으면 그만이지. 아니면 우리라고 말하고 싶어?"

"공교롭게도 상황을 꼬치꼬치 알 수 있을 만큼 편리한 것이 아니다. 어디까지나 어느 터부를 어겼는지 그것만 알 수 있을 뿐이지. 묘지기의 권한이라고 생각하게."

"묘지기의 권한?"

감시 카메라 같은 현대적인 것은 아닌 모양이지만, 여기가 어딜 봐서 별것도 없는 마을이라는 걸까.

'······무슨 마술인가?'

그거라면 자세한 상황을 모르는 채로 결과만 나올 만도

하다.

　신비란 그런 법이다. 권능이 아닌 이상, 신비 나름의 이유나 논리는 존재해도 외부인에게는 거의 블랙박스나 다름없다.

　'오히려 왜 그런 규칙이 있는지가 궁금해졌군.'

　이렇게까지 말했는데 단순한 망상일 가능성조차 전무하진 않다.

　그러나 거기까지 염두에 둬서는 다람쥐 쳇바퀴 도는 꼴만 되기에 일단 벨사크가 정직하게 설명했다는 노선으로 사고를 끼워 맞추었다.

　터부라는 것은 벨사크가 이야기한 네 가지 행위다.

　다시 말해.

　· 누군가가 검은 마리아 상에 기도하지 않고 무단으로 마을에 들어왔는가.

　· 혼자서 묘지에 들어섰는가.

　· 늪에 접근한 자가 있었는가.

　· 심야에 밖을 돌아다녔는가.

　이 중 하나다.

　어기려고 마음만 먹으면 실로 가볍게 어길 수 있겠다 싶다.

　같은 생각을 했는지 오라비도 질문했다.

"이 마을 사람은 정말로 아무도 심야에 밖을 돌아다니지 않습니까?"

"거의 없네. 하나 전무한 것도 아니야. 어린애가 밖을 돌아다니거나 해서 간혹 규칙을 하나 어길 때는 있지. ……하지만 이번엔 규칙을 두 가지 어겼더군."

벨사크의 말을 신용한다면 그중 하나는 심야에 외출했다는 규칙일 것이다.

무슨 방법으로 감시하는지 모르는 이상 어디까지나 추론밖에 못 되지만, 누군가가 심야에 나와 혼자 묘지에 들어갔거나 늪에 접근했다는 뜻이다.

"……외부 인물이, 심야에 마을에 침입했을 가능성도 있겠군."

이건 오라비의 혼잣말이다.

아하, 옳거니. 그 경우에도 터부를 둘 어긴다. 시골의 기묘한 규칙에 희롱당하는 건 미스터리와 호러 쌍방에서 볼 수 있는 무대 장치지만, 막상 자기 처지가 되니 적잖게 성가시군. 논리가 보이질 않으니 더더욱 그 으스스함이 슬그머니 등에 얹힌다.

벨사크는 긍정도 부정도 하지 않으며 가만히 우리를 관찰하고 있었다.

"한 번 더, 확인하지."

그리고 다시 질문.

"로드 엘멜로이 2세. 자네는 묘지기를 빌리고 싶다고 했겠지."

"네, 그랬습니다. 미스터 제피아와 말을 나누고 그 마음이 더욱 강해졌죠."

"제피아와 말을 나누고서?"

"이 마을의 묘지는, 어느 사도의 이름에 경의를 표해 지은 곳이라고 들었습니다. 그 사도는 경우에 따라서는 제피아의 동포가 될지도 몰랐던 상대라고. 그리고 이 묘지에는 별것 아닌 데이터 수집 때문에 왔다는…… 말도."

우리 오라비 또한 묘지기에게서 눈을 피하진 않았다.

양쪽 시선이 허공에서 뒤얽히는 것 같았다. 우리 오라비의 담력은 센 편이 아닐 텐데, 이럴 때만 오기를 부리는 것을 칭찬하는 편이 나을지, 얼른 '도망이나 쳐라, 멍청아' 하고 헐뜯는 편이 좋을지. 뜻밖에 내 안에서도 답이 나오질 않았다.

"그럼 혹시 그 터부도 아틀라스 원과 관계된 겁니까?"

"노코멘트다."

쓸쓸한 표정으로 벨사크가 고개를 내저었다.

그런데도 오라비는 더욱 들러붙었다.

"아틀라스 원에 관해서 노코멘트라고 해도 이 묘지가 특별한 것은 확실하겠죠. 제가 바라는 것은 영에 대한 전문가^{스페셜리스트}입니다. 유달리 강대한 영에 대한 대항책을, 이 10년 내내 찾아다녔습니다. 로드의 공무를 보느라 각지를 도는 한편으로 여러

곳을 주목했죠. 몇 번씩 거듭거듭 기대했다가 차여왔습니다만, 그 때문에 감이 예리해진 것 같더군요. 그 감이, 이곳에는 단서가 있다고 부르짖고 있어요."

"10년……이라고."

"네."

끄덕인 오라비의 대답에 묘지기는 더더욱 굳센 목소리로 물었다.

"……자네는 왜 그런 걸 찾고 있지?"

"제, 개인적인 욕심 때문입니다."

성배전쟁.

오라비의 중심에 파고들어 이 10년 가깝게 그를 충동질해 온 마술의식.

그러나 불길하게 가슴이 울렁거리기도 했다.

바로 직전에 제피아가 못 박은 직후이기 때문이다. 이제 처음 만났을 뿐인 상대가, 이 마을에서 내릴 선택이야말로 오라비와 성배전쟁의 관계를 결정짓게 될 거라고.

"흠."

벨사크는 희끗한 게 섞인 수염을 쓰다듬었다.

그리고 손가락으로 마을 출구를 가리켰다.

"돌아가 주게."

"제발 다시 생각해주실 수 없겠습니까?"

오라비는 즉시 말했다.

"이기적인 말을 한다는 건 충분히 잘 알고 있습니다. 뜬금없이 찾아온 마술사가 이런 말을 하면 살해당해도 불평할 수 없겠죠. 그래도 제게는 꼭 이루어야 할 일이 있습니다. 당신은 필시 그 이정표를 쥐고 있어요."

"…………."

재차 벨사크는 침묵했다.

이번에는 조금 전보다 좀 더 길었다.

우리 오라비로부터 떨어진 묘지기의 시선이 직접 보이진 않지만 묘지 방향으로 쏠리는 것을 알아챘다. 이 묘지기는 대체 그곳에서 얼마나 시간을 보내왔을까. 그레이는 이 마을에서 나간 적이 없다고 하던데, 이 사람은 어떤 것일까.

"……영에 대한 전문가라. 자네의 감은 틀리지 않았어."

벨사크가 말했다.

어째선지 그 목소리에는 피로와 비슷한 뭔가가 들러붙은 것처럼 들렸다. 지나치게 오래 방치한 와인에 쌓인 침전물과 비슷했다.

10년 전, 시계탑에 엘멜로이 교실을 열고 로드에 봉해졌음에도 작은 시간의 틈새를 누비며 세계를 넘나든 오라비에게서도 같은 침전물을 느꼈던 것 같다.

줄곧 같은 장소에서 지내던 묘지기와 줄곧 같은 목적에 얽매이던 마술사.

전혀 비슷하지 않은데, 어딘가 통하는 면이 있다.

묘지기의 입을 벌린 요인은 그런 공감일지도 몰랐다.

"어쩌면 우리로서도 최고 걸작일지 모르네. ……하나 그렇기에 이 마을에서 내보낼 수는 없어."

"그건……."

오라비가 잠시 머뭇거리다가 말을 꺼냈다.

"그건, 그 애의 얼굴이 옛날 이 브리튼에 존재하던 어느 영웅이랑 흡사한 점과 관계가 있습니까?"

느닷없는 헛발질이었다.

영웅이랑 얼굴이 닮았다? 그게 뭐야?

애당초 다소 닮은들 대체 지금 이야기하고 어떻게 이어지는데?

그러나 그 헛발질을 한 결과, 벨사크는 크게 동요했다. 여태껏 한 번도 변함이 없던 소태 씹은 표정이 무너진 채로 다시 오라비를 뚫어지게 쳐다보았다.

"……어떻게, 그런 걸."

"그 애의 그 용모는, 제가 이곳을 방문한 이유와 관계가 있기 때문입니다."

"…………."

벨사크는 한동안 침묵하고 있었다.

그 눈에 오라비의 모습이 비치고 있었다. 꿰뚫는 시선의 강도는 살의와 혼동되었다. 아주 약간만 더 넘어서면 나이프를 거머쥐고 오라비의 몸을 쑤셔도 이상하지 않을 만치.

몇 초 지나고 시선이 느슨해졌다.

자기 자신을 억누르듯 벨사크는 몇 발짝 떨어진 뒤 말을 이었다.

"자세히 들어보고 싶군. 단, 미안하지만 동생분은 물러나 줄 수 있겠나?"

"음, 나를——."

크게 항의하고 싶은 바였으나 벨사크의 눈에는 싫다는 말을 못할 만한 힘이 담겨 있었다.

방금 오라비가 던진 말이 그만한 효력을 발휘했다는 뜻이기도 할 것이다.

불만은 있다며 한쪽 눈을 찡긋해 퉁명스럽게 어필하길 잊지 않고, 어깨를 으쓱였다.

"알았어, 그래. 그럼 나만, 빌린 오두막으로 돌아가면 될까?"

"그래 주면 고맙겠네."

나는 벨사크의 말에 끄덕이고 냉큼 발길을 돌렸다.

오라비에게 손을 흔들고 언덕을 내려가면서 사고는 방금 대화를 되새겨보았다.

'……닮았다는 건 무슨 소리야?'

도대체 이 작은 마을에 뭐가 숨겨져 있지?

아틀라스 원의 원장까지 찾아올 만한 비밀이란 뭐지? 벨사크가 이야기하던 터부와는 무슨 관계가 있지? 블랙모아의 묘지와 옛날 소멸한 동명의 사도는 무슨 관계가 있는 거지?

순 의문뿐이다.

이래도 모자라느냐는 양 꾹꾹 눌러 담은 판도라의 상자라도 앞에 둔 기분.

섣불리 건드렸다간 나 자신이야말로 재앙을 뿌린 어리석은 여자로 전락하리라. 그건 그거대로 즐거울 듯하지만 안전지대는 확보해 두고 싶은 게 인지상정이다. 오라비가 그런 안전지대에 무심하다면 내가 해 둬야 마땅하겠고.

그러나.

결과적으로 말하자면 그런 안전지대에는, 아무런 의미도 없었다——.

제3장

1

──그리고 시간은 현재^{지금}로 돌아온다.

"응, 안전지역에는 아무런 의미도 없었지. 여하튼 내가 얘기할 수 있는 건 여기가 끝이니까."

갑자기 라이네스가 그렇게 이야기를 마쳤다.

당연히 엘멜로이의 저택이었다.

비스듬히 드는 겨울의 햇빛에 한순간 현기증이 일었다. 마치 시간여행이라도 하고 온 것 같은 기분이었다. 라이네스의 이야기에는 그만한 박력이 있었다. 그러고 보니 전승과에선 과거의 음유시인을 본받아 이야기꾼^{블리시산}의 기술도 중시하던가.

동시에 내 뺨도 뜨겁게 달아오르고 말았다. 남의 입이 내 얘기를 들먹이는 게, 이토록 정신적 피로를 부를 줄이야. 실례일지도 모르지만 얼굴을 제대로 볼 수 없어서 한동안 고개 숙이고 있었다.

심호흡한 뒤에 나는 쭈뼛쭈뼛 라이네스에게 물었다.

"저기, 음…… 거기서, 끝인가요?"

"그 직후에 오라비가 나를 시계탑으로 돌려보냈거든. 그 오라비가 나한테 다짜고짜 말이야. 결계니 지연 마술이니 이것저것 준비하고 있었는데, 몽땅 헛짓이었지. 심지어 나중에 본인이 그 마을에서 돌아오자마자 너를 입실제자로 삼느니 뭐하느니 그래서 엘멜로이 교실도 난장판이 났지 뭐야. 학생은 몰라도 입실제자를 받는 일은 거의 없었으니."

그녀는 어깨를 으쓱이고 성난 콧방귀를 뀌었다.

실제로 스승님이 라이네스에게 강권을 발동하는 모습은, 나는 거의 본 적이 없다. 지금도 뭘 잘못 들었나 귀를 의심했을 정도다.

"…………."

어쨌든 느닷없이 뚝 끊기긴 했지만, 길게 이야기했다.

고개 숙이면서 침묵했다.

길기만 한 게 아니라 내게도 의문이 많은 이야기였다.

예를 들어 아틀라스 원의 제피아는 나도 거의 접촉이 없던 상대다. 시계탑에 관한 지식도 없었기에 그런 거물이라는 인식은 전혀 없었다. 이웃집에서 홈스테이하던 상대가 작은 나라의 대통령이란 사실을 느닷없이 알게 된 기분이지만 어떻게든 가능한 한 수긍하려 했다.

"──그래서, 줄곧 네게 흥미가 있었던 거야."

턱을 괸 라이네스가 능글능글 웃었다.

"처음에는 철석같이 그 오라비가 묘한 호구 버릇을 발휘했나, 아니면 드디어 마음 가는 상대라도 생겼나 싶었는데. 그렇다 쳐도 낌새가 너무 다르더군. 그래 봬도 마술사로서 상식은 의외로 떼어놓질 않는 남자이기도 해서."

그 평가는 이해가 간다.

스승님의 감식안은 여러모로 파격적이지만, 반면에 마술사로서의 가치관은 의외일 만큼 기본적이다. 오히려 그 가치관이야말로 그 사람을 그 형태로 고정하는 느낌까지 든다. 스승님은 어찌할 도리 없는 해체자임에도 불구하고 한사코 마술사이고자 하니까.

라이네스가 별안간 시선을 올렸다.

"생각해보면 그때, 오라비는 네 얼굴에 관한 말을 들은 거겠지."

"으……."

나는 한순간 숨을 멈추고 후드 속을 만졌다.

"……전에, 그 이야기를 했었죠."

쌍모탑 이젤마 때였다.

황금희와 백은희 사건 때, 내 얼굴이 타인에게 빌린 것임을 라이네스에게도 털어놓았다.

라이네스는 그저 가만히 고백을 들어 주었다. 위로하지도 않으며 추궁하지도 않았다. 그것만으로도 내가 얼마나 구원받았던지.

"그럼 다시금 물어보겠어. 그 뒤, 결국 어떤 사건이 있었던 거지? 왜 그 오라비가 너를 입실제자로 받아들였어?"

"…………."

그 질문에 가슴이 싸해지는 기분이 들었다.

줄곧 도망치던 것. 도망치고 싶던 것.

이 런던에 도착한 이래로 내가 결코 언급하려 들지 않던 것.

숨을 들이쉰다. 용기를 바란다. 최소한 이 사람에게만큼은 야무지게 이야기하고 싶다. 하지만 대체 어떻게 이야기를 해야 할까. 머릿속은 계속 엉망진창인 와중에 간신히 단 한마디만 목에서 밀려 나왔다.

"죽은 사람이, 나왔어요."

그 말에 라이네스의 눈썹이 찌푸려졌다.

"죽은 사람? 대체 누가?"

"…………."

몇 초의 침묵 뒤, 한마디를 더 쥐어 짜냈다.

"……소제요."

역시나 몇 초, 라이네스의 표정이 굳어 버렸다.

트림마우는 변함없이 홍차를 서빙해 주었다. 향기는 상쾌했으나 이 순간만은 마음을 달래 주지 못했다.

"소제가, 그 고향에서, 그 사건으로, 죽은 거예요."

"그곳에서 죽은 거나 마찬가지, 같은 비유가 아니군. 그렇지?"

라이네스가 물었다.

끄덕이자 작게 한숨을 쉬었다.

"그건 성가시기 그지없는데. 나한테 당시 얘기를 물으러 왔다는 건, 너도 당최 정리를 못한 사건이라는 뜻이지? 그래도 좀 더 자세히 사정을 물어도 상관없을까?"

"그 얘기는—— 좀 나중에 해도 괜찮을까요?"

"나중이라."

"네. 그 고향으로 돌아간 뒤에요."

"음. 따라가고 싶지만 아무래도 지금 내가 시계탑을 벗어나면 문제가 나올 듯하단 말이지……."

'레일 체펠린의 뒤처리도 완전히 끝나진 않았으니까.' 하고 라이네스가 중얼거렸다.

그도 그럴 만하다. 로드라는 지위는 장식이 아니다.

권력항쟁 따위에 서투른 스승님이 종종 시계탑을 떠나도 무사할 수 있는 건, 어디까지나 라이네스의 백업이 있는 덕이다. 물론 다른 파벌처럼 기반을 확립했으면 사정이 다르겠지만, 엘멜로이 파 따위야 살짝 허점만 찔리면 가볍게 사라질 약소 세력이니까.

그녀 왈, 저쪽을 밀고서는 이쪽을 내리고, 때로는 부품을 떼어내거나 반대로 억지로 조립하거나 하며 끝없이 균형을 잡는 젠가 비슷한 꼴이라고 했다. 거의 24시간 끊임없이 권모술수가 펼쳐진다는, 이 속물다운 작태야말로 도리어 마술답다고 생각하는 건 나뿐일까.

라이네스가 가볍게 관자놀이를 두드리다가 입을 열었다.

"그나저나 자기가 죽은 고향에 돌아간다는 것도 온건하지가 않은걸."

"그건…… 어떻게든 할게요."

"네가, 혼자서?"

"그럴 생각이에요."

끄덕였다.

페이커와의 전투로 내게 부족한 점을 실감하고 말았다. 이기고 싶은 건 결코 아니다. 그런 불손한 마음을 먹기에는 상대는 강대하며 너무나 위대했다. 설령 이름은 없어도 그 공적을 역사에 새긴 영령이란 이런 존재냐고 감탄했다.

하지만 그래도 한 번 더 영령과 대치할 거면 먼저 자신의 과거를 직시해야만 한다는, 그런 마음을 먹은 것이다.

그렇기에 스승님의 회복을 여태껏 기다렸다.

내가 신변 수발을 들고 있다고는 해도 별 대단한 걸 하는 것도 아니지만, 그래도 갑자기 없어지면 그럭저럭 불편하겠거니 싶었으니까.

"금방 돌아올 생각이에요. 스승님에겐 그렇게 전해 주세요."

"그래그래. 제대로 돌아올 생각이 있다면 다행이지. 이걸로 끝이라는 인정머리 없는 소리를 들으면 남은 과자를 울면서 먹어야 할 판이었어. 어, 아니, 트림마우에게 포박시켜도 되겠지만 널 상대로는 좀 힘이 달리니 말이야."

"그거…… 꽤 진지하게 하는 말이죠?"

"크크크, 이해를 받는다는 건 기쁜데."

라이네스는 입가에 주먹을 겹치고 기분 좋게 입술을 뒤틀었다.

어지간히도 흡족했는지 크게 어깨를 들썩이고 있었지만, 잠시 뒤에 눈꼬리를 손가락으로 훔치고 개운해진 표정으로 고개를 들었다.

"뭐, 개인적으로는 네 의지도 참작해 주고 싶은데, 그럴 수야 없겠지."

"……어째서, 말인가요."

"아니, 단순한 숫자 문제야. 혼자선 무리잖아."

"혼자선?"

나는 물음표를 띄우다가 뒤돌아보았다.

문에서 노크 소리가 난 것이다.

잠시 간격을 두고 열린 틈새로 장신의 인물이 슥 들어왔다. 낯익은 그 긴 흑발도 오늘 아침에 내가 세팅한 것이었음을 떠올렸다.

"실례하지."

"……웬일이세요? 스승님."

좀 전까지 멋대로 시계탑을 떠날 이야기를 하는 중이었기에 고개 숙여 거북한 기분을 숨겼다.

그런데.

"……그게."

스승님은 한순간 말끝을 흐리고 바로 안쪽에 있는 상대를 돌아보았다.

"라이네스."

"응? 왜 그러나? 사랑하는 오라버니."

꾸며낸 티가 나는 호칭에 스승님이 뚱한 표정을 숨기지 않으며 이렇게 제의했다.

"일주일가량, 슬러를 떠나고 싶다."

"거 참, 또? 당신, 로드로서 자각이 부족한 것 아니야? 아이고, 곤란해라. 아직껏 일이 산적했는데 원."

참으로 난처하단 투로 라이네스가 수중의 포크를 빙글 돌렸다.

물론 심술이었다.

스승님도 충분히 잘 알 테지만 그렇다고 무시할 수 있을 기질이라면 애초에 로드부터 될 일이 없었을 것이다.

"가능한 한 연락은 취하도록 해둘 셈이야. 애당초 성배전쟁에 참가하려고 전부터 수배도 했었어. 레일 체펠린의 뒤처리가 생긴 건 예상 못했지만 자네라면 충분히 해낼 수 있잖아."

"흠. 높이 사주는 건 고맙지만 귀여운 여동생의 과로에 좀 더 마음을 써 주진 않겠어? 쿵 쓰러져서 의식불명이 된 여동생을 앞두고, 그때 조금만 더 다정한 말을 걸어둘 걸 그랬다고 울기는 싫잖아?"

"그렇다면 내게도 마음을 써 주길 청하고 싶군. 식물과의 위장약에도 한도는 있다."

"하하하. 수술할 때는 마수의 위장이라도 이식해야 할지 모르겠군. ──아무튼 목적지나 일단 들어볼까?"

"……그래."

스승님이 힐끔 내 눈치를 살폈다가 체념한 듯 답을 밝혔다.

"그레이와 함께 다시 한번 블랙모아의 묘지에 가고 싶네."

*

그 말에 나는 무심코 돌아보았다.

"어째서…… 스승님까지…….""

"나도 자네가 라이네스에게 같은 이야기를 하고 있었을 줄은 몰랐네만."

스승님이 두통을 참듯 미간에 손가락을 짚었다. 조금 전 나누던 대화를 들은 모양이다. 주름이 더더욱 깊어지자 희미한 가슴 통증을 느꼈다.

라이네스는 그런 내 눈치를 보다가 '흐흥' 하고 콧방귀를 뀌었다.

"뭐, 그러겠거니 싶었으니 나야 상관없어……라고 말할 수밖에 없지만, 오라비. 최소한 입실제자에게만큼은 제대로 말을 해 줘. 같이 가겠다면서 사정 설명을 안 하다니, 학생이라면 학점 미달로 질책당해 싼 짓이잖아?"

"……원래 설명할 생각이었네. 순서가 좀 바뀌었을 뿐이지."

스승님이 '어흠' 하고 헛기침했다.

"몇 가지 이유는 있지만 먼저 확인해 두고 싶은 게 있네."

"……으, 네."

스승님과 똑바로 마주 보았다.

혼자서라도 고향의 묘지에 돌아가겠다고 말한 참인 만큼, 나도 마찬가지로 마주 쳐다보기엔 속이 켕겼지만 어떻게든 티끌만 한 용기를 짜냈다.

"전에 자네를 데려올 때도 얘기했지? 자네를 부른 건 결코 이타적인 이유가 아니야. 아무것도 모르는 무고한 사람을 나 개인의 싸움에 끌어들이겠다는, 극히 독선적인 관점 때문이지."

"……네. 들었어요."

"안전은커녕 생명도 보증할 수 없어. 보수는 낸다고 벨사크에게 약속했지만 그런 게 자네에게 의미가 있느냐 없느냐고 물으면, 없는 것보다 나은 정도겠지."

"네."

나는 끄덕였다.

도회지에서 살아가는데 응당 금전은 필요할 것이다. 하지만—— 적어도 산에서 내려온 직후의 나는 살아남는 게 목적이 아니었다. 어디서 쓰러지든 상관없고, 마음이 움직일 일도 없다면 보수란 의미가 없다.

옛날의 나는 그런 존재였다.

옛날의 나는 그런 존재로 있을 수 있었다.

"그렇기에 자네를 입실제자로 들이려 했네. 그 산에서 내려와 시계탑 근처에서 지내는 이상, 로드와의 관계를 세상에 공개하는 게 그나마 자네를 지켜줄 거라 생각했지. 궁여지책이라고 웃어도 상관없네."

"……그런 건 새삼스럽다고요, 스승님."

말대꾸하자 스승님은 깜짝 놀란 표정을 지었지만 그런 건 진짜 새삼스럽다.

스승님이 하는 행동은 대체로 그때그때 땜질을 반복하는

짓 아니던가. 마술사로서 저력이 부족하니 항상 어디선가 빌려오고, 그런 수단은 정도나 왕도라고 부를 수는 없을 것이다. ……하지만 임시방편이건 뭐건 간에 끝까지 관철하겠다면 그건 결코 비난받을 문제가 아니리라.

언제부터 그리 여기게 됐을까.

"소제가 아는 스승님은, 늘 빈약하고 필사적이며 살고자 몸부림치고, 수단 하나 안 가려요. 그러니까 새삼스레 그런 것 가지고 웃으라고 해도 난처하다고요."

"자네, 라이네스에게 감화된 건 아니지?"

"그럴지도 모르죠."

그렇다면 무척 기쁘다.

입술에 그만 웃음기가 어리자 스승님은 작게 한숨을 쉬었다.

"……뭐, 홍차를 마실 상대가 생겼다면 잘된 일이네만."

속삭이는 말과 함께 스승님이 힐끔 라이네스를 쳐다보자 상대는 시침 뚝 떼며 트림마우로부터 갓 구운 스콘을 받고 있었다. 향긋한 냄새에 잼을 듬뿍 바르고서 행복하게 베어 물었다.

눈앞에서 나누는 이야기는 꽤 심각한 부류라고 보는데, 그런 경우라도 평소와 같이 차와 과자를 즐길 수 있는 건 그녀 특유의 강한 면일 것이다. 아마.

"…………."

왠지 모르게 내 마음도 침착해졌다.

내가 라이네스의 고집과 긍지로부터 모종의 영향을 받았더라면, 이토록 기쁜 일은 없다고 생각했다.

그래서 스승님을 향해 시선을 들었다.

"소제는 스승님을 따라갈래요. 스승님이 제멋대로든 뭐든 관계없어요. 그런 건 한참 옛날부터 아는 거예요. 그러니까 스승님이 다시 한번 블랙모아의 묘지를 방문하고 싶은, 그 이유를 가르쳐 주세요."

"……알겠네."

스승님도 끄덕였다.

잠시 뜸을 들이다가 이렇게 말을 이었다.

"그 마을에는 닥터 하트리스의 단서가 있을지도 몰라."

그 의미를 곱씹으려면 한 호흡으로는 부족했다.

연결될 줄은 몰랐던 두 요소가 동시에 제시된 순간, 사고는 멋지게 단절되었다.

"……어, 째서."

"아아, 오해하지 말아 주게. 딱히 사건의 범인이나 그런 게 아니야. 이젤마 때도 필시 관련되긴 했지만 범인은 아니었잖나. ……맞아. 그 설명도 해야만 하나."

"으음, 저, 토코 씨의 보수가 된 주체의 비밀 경매에서, 이젤마 가문에 출자한 게 하트리스가 아니냐는 가설이라면 라이네스 씨로부터 들었어요."

"음, 그랬군."

겸연쩍은 듯 스승님이 입술을 시옷자로 굽혔다.

그러다가 이렇게 질문했다.

"그 풍차 오두막에서 제피아와 만났을 때 얘기도 라이네스로부터 들었고?"

"……아, 네."

"당시에는 흘려듣고 말았는데, 지금 와서 돌이켜보면 다소 신경 쓰이는 말투였네. ——그 남자는 말이야. 나더러 현대마술과의 새 로드라고 그랬어."

확실히, 라이네스로부터 들은 이야기에선 이런 식이었을 것이다.

——『명색이 현대마술과의 새 로드와 원장이 만나는 곳일진대 무대 세팅을 그르쳤군.』

한 다리 건너서 들은 말이라 어디까지 정확한지는 모르겠지만 대충 이런 표현이었을 것이다.

스승님은 한 번 끄덕이고 말을 이었다.

"물론 그 아틀라스 원의 원장이라면 뭘 파악하고 있어도 이상하지 않겠지. 그런데 내가 로드가 된 건 벌써 7년 전이야. 구태여 새롭다는 형용사를 쓰기에는 미묘한 시기 아닌가. 그리고 그레이, 그 풍차 오두막에 손님이 머물기 시작한 것은 어느 정도 전부터지?"

"어, 음, 저기…… 스승님이 오기, 1개월쯤 전이었을 거예요."

직접 만난 적은 거의 없었지만 풍차 오두막에 손님이 왔다는 말은 벨사크에게 들었다. 10년에서 20년에 한 번쯤 나타난다고 해서 도시에는 그런 취미를 가진 사람도 있느냐고 신기하게 여겼었는데, 지금 생각하자니 그 단계에서 왜 좀 더 물어보질 않았을까.

그 무렵의 나는 많은 것에 관심이 없었다.

아니, 그게 아니다.

관심이 없는 척을 하고 있었을 뿐이다. 그런 것은 아무래도 상관없다고 믿으면 이런 시골에 틀어박혀 있는 것이든 부조리한 규칙이나 해묵은 규정에 묶여있는 것이든, 아무 고민할 필요가 없으니까. 제일 편했으니까.

하지만 후회해도 별수 없다.

회오를 가슴속에 밀어두고 물었다.

"그럼, 그동안……."

"그래. 아마도 그 1개월 동안에 닥터 하트리스는 그 산에서 제피아와 만났을 가능성이 있네."

스승님은 그렇게 말했다.

"물론 그 산에서 만났다고 단정할 순 없지. 제피아는 아틀라스 원에 거주지를 한정하지 않은 눈치였으니까. 비교적 최근에 그 마을과는 다른 어디선가 만났을 뿐이라는 가능성도 있네. 하지만 단순한 우연이라고도 말하기 어렵겠지. 레일 체펠린에서 나온 발언으로 보건대 하트리스는 전부터 내게 관심을 가졌던 것 같으니까."

확실히 우연으로 치부할 순 없으리라.

그런 웨일스 산속에서 아틀라스 원의 원장과 시계탑의 로드가 만나는 것 자체가 거의 있을 수 없는 사건이다. 그 원장이 가까운 시기에 선대 로드와 만났던 것도 우연이라니, 아무리 그래도 우연이 지나치다.

그렇다면 그 마을에 하트리스도 방문했었다는 쪽이 그나마 앞뒤가 맞을 것이다.

하지만 도대체 무슨 이유로?

하트리스의 행동에는 어떤 와이더닛(whydunit)이 숨겨져 있지?

"…………."

가슴 속내에 정체 모를 먹구름이 피어오른다.

둘러친 거미줄을 상상했다. 소설 속 이야기지만 세계 최고 자문탐정의 라이벌은 자신의 모습을 드러내지 않고 무수한 사람을 조종해 의도한 결과를 도출했다고 한다. 어느 틈에 그런 상대에게 칭칭 얽매인 기분이다.

"글쎄. 그 남자가 그런 타입의 책략가란 생각은 그다지 하지 않네."

불안을 털어놓자 스승님은 가볍게 고개를 저었다.

"여태까지 본 행동으로 추측되는 하트리스의 사고는, 확실히 현명하지만 섣부르진 않아. 일반 규격과는 다를지라도 오히려 적극적인 방향성과 예사롭지 않은 호기심을 찾아볼 수 있을 정도지. 안 그랬으면 레일 체펠린에서 우리를 관찰하는 짓 따윈 안 하고 얼른 하차했겠지."

레일 체펠린에서 하트리스의 목적은 서번트를 소환하는 것이었다고 스승님은 간파했다. 그 목적만 달성하면 냉큼 퇴장할 수 있을 텐데, 스승님을 관찰하고 싶어져서 눌러앉았다고 하트리스도 고백했었다.

확실히, 이렇게 행동을 보면 하트리스는 퍽 적극적인 느낌이다.

"그럼, 어째서……."

"……그건……."

말하려다가 스승님은 고개를 저었다.

"아니, 이 이상은 추론에 추론을 겹치는 꼴이야. 애매한 추론까지는 괜찮지만 여럿 겹쳐서 생각에 빠지면 진실을 간과할 가능성만 늘릴 뿐이겠지."

"질문해도 될까? 오라버니."

라이네스가 손을 들었다.

"뭐 탐정이라는 게 으레 그렇듯이 우리는 수세에 빠진 상황인데, 슬슬 공수를 전환하고 싶다. 우리 오라비가 하고 싶은 말은 그쯤이겠지? 하트리스의 단서를 찾으면 선수를 칠 수 있을지도 모르니까."

"······그래."

스승님이 마지못해 끄덕이자 라이네스가 잇달아 말을 던졌다.

"하지만 이대로 잠자코 보내줄 수는 없어. 그레이는 우수한 호위지만 상대가 하트리스나 그 페이커쯤 되면 완벽하다곤 못할걸. 애초에 그레이 말에 따르면 시계탑에 찾아왔을 적의 사건도 다 해결한 게 아니잖아?"

"물론 맞는 말이네. 서번트는 마술사를 초월하지. 내가 좀 더 유능하다면 대령(對靈)의 전문가로서 그레이의 능력을 더욱 살렸을지도 모르겠다만. ······그런 이유로 이번엔 플랫과 스빈에게 협력을 청했다."

"호오. 그 둘에게?"

희미하게 동요한 어조와 함께 라이네스가 눈을 깜빡였다.

나도 살짝 놀라서 스승님을 마주 보고 말았다.

"학생에게 의지하다니 별일이시네요."

"여하튼 나로선 해결하지 못한 사건이라서. 만전을 기하려면 수치를 무릅쓸 수밖에 없겠지."

눈총을 피하며 스승님이 분한 듯 말했다. 어지간히 탐탁지 않은 것이리라.

하지만 딱 한 가지는 기뻤다.

분명히 기억해 준 것이다.

지난달의 사건 마지막에 스승님은 "같이 싸워다오." 하고 말했다. 나만이 아니고 플랫과 스빈에게도 그 의뢰를 꺼내 주었다. 그건 한때의 약한 마음이 주워섬긴 변절이 아니라 숙고와 신뢰 끝에 나온 각오의 말이었다는 생각에 새삼스레 가슴에 사무치는 것 같았다.

"……어떻게 생각해? 애드."

평소라면 놀려댈 것 같은 상대가 이번에는 내내 조용하기에 내가 먼저 말을 붙였다.

그러나 상자는 여전히 침묵 중이었다.

웬일로 마음을 써준 것인지, 아직 잠들어 있는지.

'……애드?'

한순간 의혹이 머리에 스쳤지만 스승님이 입을 열었다.

"모레 출발할 예정이야. 그때까지 무슨 일이 있으면 알려 주게."

그 말로 이 자리를 마무리 지었다.

2

모레 아침은 눈 깜빡할 새에 찾아왔다.

한바탕 준비를 하고 스승님의 짐 꾸리기 및 시계탑을 비운 와중의 스케줄 작성을 돕고, 필요한 식사와 수면을 취하기만 했는데 벌써 아침이 되었다⋯⋯는 느낌이다.

라이네스가 말하던 대로 새벽부터 열차에 타서 수도 카디프에 도착한 뒤로는 마냥 버스에 실려서 거의 다른 승객이 없어진 정류소부터 도보로 산길을 오르기 시작했다.

역시 스승님의 다리에는 벅찬 모양이라 때때로 휴식했다.

그것도 라이네스 얘기랑 똑같구나 생각했더니 약간 웃음이 났다.

"봐, 수수께끼의 늪이잖아! 호러 영화라면 여기는 하키 마스크 쓴 괴인이 나올 차례라고 보거든! 전기톱 들고 드드

드드드 하면서! 역시 커플 같은 쪽부터 쓱싹 하는 게 정석이나. 한다면 손도끼? 아니면 나이프가 좋아?"

"그 영화라면 전기톱은 안 쓰지 않았던가? 아니 그보다 트림마우가 또 쓸데없는 대사를 기억한 건 네 소행이로군."

"잔디깎이든 전기톱이든 사람 죽이는 데 쓰면 똑같다고! 그리고 명대사 재현 최고잖아! 분명히 유행할걸! 딱히 의미 없이 영화 및 게임 및 애니메이션의 명언 떠들어대는 인공지능이, 전 세계의 인터넷을 활보할 날도 가깝다니깐!"

"마술사가 말하는 것도 뭐하지만, 과학의 낭비에도 정도가 있지 않나?"

플랫과 스빈 두 사람은 가는 중에도 내내 잡담을 나누기도 하고 플랫이 웃으며 도망치기도 하고 스빈이 마력을 담아서 이를 드러내기도 하는 등, 다양하게 교류하고 있었다. 때때로 과하게 불이 붙어 완전히 마술전이 일어나기 직전에 스승님이 끼어들기도 하지만, 어지간히도 사이가 좋은 것이리라. 내가 그 틈에 끼지 못하는 건 약간 아쉽지만.

애초에 접근하면 아직도 스빈이 으르렁대서 도저히 딱 한 걸음의 거리를 좁힐 수 없다. 스승님이 막는다는 이유도 있지만 역시 첫인상이 좋지 못해서 그런 모양이다. 그때 스빈이 입을 떡 벌린 채로 나를 마냥 응시하며 그저 코만 실룩이던 모습을 기억한다. 내 복장은 확실히 시골 냄새가 났을지도 모르겠는데, 그렇게 빤히 쳐다볼 만큼 이상했던가.

"……음음."

치마를 살짝 잡아당겨 보았다.

전에 라이네스가 골라준 옷은 산길에 안 맞지만, 어차피 이 정도 산길이라면 내게는 평지나 다름없다.

뒤를 돌아보자 두 번째 휴식으로 스승님은 나무에 기대고 있었다.

거세게 숨을 씩씩대고 싶을 텐데 천천히 심호흡을 반복하는 건 나와 학생에게 허세를 부리고 있기 때문이다. 옛날에는 그런 스승님이 수상쩍었지만 지금은 친밀감 쪽이 더 강하다. 완전히 같은 상황인데 왜 세상은 이토록 다르게 보이는 것일까.

"……신기한 느낌이 들어요."

나는 그렇게 입에 담고 있었다.

"신기?"

"네. 소제는 이 산에서 내려간 적이 내내 없었으니까요. 그런데 산에서 내려갔다가 이렇게 돌아올 일이 있다니, 그야말로 꿈에도 생각지 못했어요. 이런 식으로 스스로 원해서 돌아올 수 있을 줄은 더욱더 생각 못했고요."

내 감상을 되도록 담담히 설명했다.

그러지 않으면 뭔가가 넘쳐흐를 것만 같아서.

"감사합니다."

나는 고개를 숙였다.

"이렇게 괴로워하지만 않고 돌아올 수 있어서, 그 사실만으로도 무척 기뻐요."

"……원래부터 나 자신을 위한 것이야. 자네에게 감사를 들을 까닭이 없네."

스승님은 입술을 삐죽였다.

그 뒤로 살짝 말하기 어려운 듯 표정이 어두워졌다.

"미안하네만, 얼굴은 바꿔 줘야겠어."

"얼굴, 말인가요."

"단순한 환술이지만 마을 사람에겐 충분하겠지. ……물론 내 술식이 아니라 플랫을 시키겠지만."

말한 뒤에 스승님이 힐끔 시선을 움직이자 그 연장선상에 있던 플랫이 아닌 스빈이 황급히 손을 들었다.

"제, 제가 아닌가요, 선생님!"

"수성(獸性) 마술은 이런 기술에 안 맞잖나."

"아, 아녜요! 다른 마술도 습득했어요!"

"자네의 전위는 특화한 수성 마술이 평가받아 얻은 것이야. 지금 단계에서 그쪽 기술에 함부로 손을 대어서 특질을 무뎌지게 할 필요는 없어."

"으, 으으으……."

어째선지 원통한 듯 스빈이 어깨를 축 떨어뜨리고, 그 옆에서 플랫이 의기양양하게 가슴을 폈다.

이 둘은 늘 대조적이다. 성격이나 행동이나, 다루는 마술

또한 완전히 정반대로 보이는데, 때때로 깜짝 놀랄 만큼 닮았다. 아니면 누구나 다 그럴까. ……나 역시, 누군가와 이런 관계가 될 수 있을까.

"네. 그런 이유로 내게 맡기시라!"

생글거리면서 플랫이 주저 없이 내 얼굴을 만졌다.

"간섭 개시."
^{게임 셀렉트}

가벼운 목소리와 함께 가벼운 전류 같은 것이 볼에 찌릿 흐른 느낌이 들었다.

전류에 어울리게 자극은 불과 한순간. 탄산수의 거품이 터지는 정도.

그리고.

"자, 상황 보존."
^{퀵 세이브}

짝짝 손뼉을 친 플랫이 어디서 들고 온 거울로 나를 비추었다.

"플랫, 거울에 환술은 먹히지 않──."

말하려던 스승님의 목소리가 멈추었다.

거기에는 전혀 다른 인간의 얼굴이 비치고 있었기 때문이다.

"후후후, 주위의 빛을 일그러뜨려 봤죠! 왜냐면 거울쯤이야 어느 집에나 다 있잖아요. 환술을 걸 바엔 인간이 아니라

빛 쪽이 제일이죠!"

스승님의 얼이 나간 건 그게 평소처럼 상식에서 벗어난 플랫의 소행이라는 이유도 있겠지만, 이번은 그걸 나무라기보다 먼저 나를 돌아보고 눈을 깜빡였다.

볼에 손을 짚은 채로 내가 굳어있었기 때문이다.

"그레이?"

"……어, 저, 싫었어?"

이건 살짝 걱정스럽게 플랫이 물은 말이다.

몇 초가 더 지나고.

"……아니요."

나는 살며시 고개를 가로저었다.

"……아니요. 단지, 굉장하다 싶어서."

"굉장해?"

"그치만 다른, 얼굴이잖아요."

뺨을 매만지는 채로 나는 말했다.

그냥 단 한순간에 내내 고민하던 문제가 휙 날아갔으니까.

"정말로, 다른, 얼굴이에요."

아무리 해도 저절로 목소리가 떨렸다.

거북하다.

부끄럽다.

그런데, 이렇게나 자유롭다.

별것 아니라며 웃으려고 마음먹었는데, 이렇게나 마음이

흔들려서. 기쁜지 아닌지도 모르겠다. 다만 아무리 해도 눈꼬리에 눈물이 맺히고 그치질 않았다.

스승님이 살며시 후드를 건드렸다.

"얼굴을 보이지 말라고 했잖나."

"네. 죄송합니다……."

나는 눈물을 쓱 닦고 살짝 끄덕였다.

"마술이란, 이런 것도 할 수 있는 거군요……."

"…………."

그런 내게 스승님은 이렇다 할 말은 건네지 않았다.

대신에 살며시 후드를 들어 올려 주었다.

"오늘은 숨기지 않아도 되네. 그 외의 복장은 산에 있었을 때하고 꽤 달라졌으니까, 그대로 둬도 상관없겠지."

"아, 환술은 옷 단추를 기점으로 걸었으니까 그만하고 싶을 때는 그걸 떼면 돼. 하지만 내가 없을 때 떼면 다시 못 거니까 조심하고."

"……네."

살짝 끄덕이자 스승님은 그제야 체력을 회복했는지 '자, 그럼' 하고 허리를 문지르면서 산꼭대기 가까운 마을 방향으로 고개를 들었다.

"우선 검은 성모에게 인사드리도록 할까. 어떤 이치인지는 모르겠지만 안 그러면 터부에 걸려서 들통 나는 모양이니까."

"하지만 선생님. 그것 자체가 속임수일 가능성도 있습니다만."

"……아뇨."

스빈의 지적에 내가 고개를 내저었다.

"그건 사실이에요. 옛날에 소제가 늪에 접근하려던 때에도 바로 들켰으니까요."

"호오. 자네는 뜻밖에 말괄량이였군."

"……길을 잃어서 그랬어요."

스승님의 말에 볼이 화끈해졌다.

이 얼굴로 전락하기보다 이전에 있던 일이다.

어리던 내가 숲에서 길을 잃고 늪 근처에서 겁먹고 있었을 때, 곧바로 벨사크가 달려와 준 것이었다. 누군가가 마을에 침입한 흔적이 없으니까 묘지 아니면 늪이라고 생각했다……고, 벨사크가 떨고 있는 내 머리를 쓰다듬으면서 말해 주었다.

그로부터 시간이 지나 나는 과거의 영웅과 같은 모습으로 변했다. 영을 겁내는 건 고쳐지지 않은 채로 마을을 떠났다가, 그리고 이 순간 돌아왔다. 스승님과 함께 체험한 사건 중 어느 것이든 옛날의 나는 꿈도 꾸지 못한 일뿐이다.

"그런데, 질문해도 될까요?"

스빈이 말을 꺼냈다.

스승님이 당부한 탓인지 나와는 조금 거리를 벌린 채로

사양하고 또 사양하며 이런 질문을 던진 것이다.

"선생님과 그레이땅…… 그레이 씨가 저 마을에서 나올 때, 무슨 일이 있었던 거죠?"

"그건…….'

나는 말을 우물거렸다.

"……그건, 어디까지 들었나요?"

"그레이 씨가 죽은 사건이 계기가 되었다……고 들었는데요."

아하. 스승님은 대충 라이네스와 같은 식으로 설명한 것이리라.

확실히 자신감 있게 얘기할 수 있는 대목은 거기가 끝물이겠거니 싶다. 나도 모든 장소에 있던 건 아니지만 대략적인 줄거리는 들었다.

"사건뿐이라면 심플하네."

스승님이 옆에서 참견했다.

"성당에, 그레이의 시체가 나왔어."

"─────큭!"

스빈이 아연실색하고, 플랫이 흥미진진하게 돌아보았다.

나도 허둥지둥 손을 내저으며 발언 일부를 부정했다.

"물론 소제가 아녜요. 소제와 많이 닮은, 모르는 사람이라는 것뿐이지."

"그레이 씨와, 닮은 사람?"

"······네."

대역 시체.

하지만 그건 도대체 무엇일까.

적어도 그 마을에서 나로선 영문을 모를 사건이 일어났던 건 확실하다.

"그 직후에 내가 벨사크에게 호출받아서 말이야. 그레이를 떠맡는 처지가 되었지. 벨사크에게는 바로 이 마을을 나가 다시는 돌아오지 말라는 소리를 들었네. 그러니 이번 귀환은 그 양반의 기대를 배신하는 꼴이 되겠군."

당시 일을 나도 기억한다.

벨사크와 스승님이 모종의 대화 뒤에 헤어지고 다음 날 아침 라이네스를 시계탑으로 먼저 돌려보냈다.

그리고 다음다음 날 아침, 이번에는 '내 얼굴을 한 시체'가 발견된 것이다.

당연하지만 마을에는 대소란이 일었다.

당시의 라이네스도 눈치챘지만 그 마을에서 나는 특수한 위치에 있다. 대충 이 얼굴—— 이 모습과 애드가 원인이다. 그러므로 벨사크는 시체가 발견되자마자 스승님을 불러내어 나를 마을에서 데리고 나가게 했다.

──『넌 언젠가 마을 밖을 봐야 해.』

전부터 그렇게 이야기했었으니까.

정말로 그런 날이 올 줄은 털끝만큼도 생각지 않았지만 아니나 다를까 스승님은 벨사크의 재촉대로 나를 데리고 마을을 나갔다.

그래서 사건에 관련되기를 포기하는 상황이 되었다.

물론 스승님은 탐정이 아니다. 마을에 찾아온 것도 대령 전문가를── 서번트와 대치할 수 있는 블랙모아의 묘지기를 찾아서 온 것이다. 그렇기에 목적은 달성했고 해결하겠다며 나서지 않은 것도 당연하긴 하다.

반면에, 나는……

"……소제는, 아마, 아무 생각도 없었던 거예요."

그 마을에서 나는 숨이 턱턱 막혔다.

본래의 자신에게서 자꾸자꾸 멀어지는 몸도, 그런 모습에서 멋대로 신성을 찾아내는 마을 사람들도, 죄다 숨 막히기만 했다.

그 와중에 스승님만이 이 얼굴을 싫어해 줬으니까 마치 빛처럼 여긴 것이다.

그래서 이 사람과 같이 도망친다면 그래도 상관없다고 마음먹고 말았다.

'……어머니는, 어땠을까.'

──『어제는, 어땠었어?』

──『새로 온 손님의 안내를 했었다며? 엘멜로이 2세 씨라던가.』

스승님과 만난 이튿날 아침, 어머니와 주고받은 대화.

그렇다면 내가 죽은 것을 어머니는 어떻게 느꼈을까.

슬퍼했을까. 괴로워했을까. 아니면 벨사크가 몰래 진실을 전해주기라도 했을까. 당시의 내게는 그런 걱정을 할 여유도 없었다. 스승님에게는 생각하는 바가 있는 것 같았지만 결국 내가 고향 이야기를 하기를 거부하던 이상, 이렇다 할 수단은 쓰지 않은 모양이다.

그래서, 화근은 남았다.

그 마을에 하트리스의 단서가 있을지도 모른다는 말은 바로 그 뜻이리라. 제피아가 무슨 짓을 하고 있었는지는 모르지만 그것은 확실하게 깊게, 시계탑과 아틀라스 원의 어둠에 결부되어 있다.

옛날, 내가 눈을 돌리던 것에.

"…………."

얼굴을 만졌다.

지금 플랫이 환술을 걸어 준 얼굴.

그 속에 있는── 과거의 영웅과 똑같은 모습으로 전락한 얼굴.

그리고 같은 얼굴을 하고 반년이나 전에 그 마을에서 죽어 있던 소녀.

사건은 너무나도 괴이하고 기묘하며 도망쳐 나온 나는 눈도 귀도 막았다. 과거는 다 잊고 그 도시에서 지내자고 생각했었다. 처음 2개월은 어떡하면 괴로워지기 전에 죽을 수 있을까 생각했었다.

설마, 자기 의지로 마을에 돌아가자고 마음먹다니.

한 걸음 한 걸음이 무섭다.

내내 틀리기만 할 뿐이던 내가, 또 틀리는 게 아니냐고. 이번에는 소중한 사람들도 끌어들여 돌이킬 수 없는 사태를 일으키는 게 아니냐고 겁내고 있다.

그런데도 발길은 멈추지 않았다.

입술을 다물고 주먹을 꼭 움켜쥔 채로 나는 산을 오르고 있다.

옛날 내려다보기만 하던 길을, 반대로 나아가고 있다.

'용기가, 필요해.'

그렇게 생각했다.

자꾸자꾸 무거워지는 발을 계속 내디딜 용기를.

처음 한 걸음만이 아니라 그 결의가 이어질 정도의 정신을.^{마음}

그래서, 가장 가까운 친구에게 물어보고 싶어서 왠지 모르게 속삭여보았다.

"……애드?"

대꾸는 없었다.

새 지저귀는 소리나 스승님과 내 발소리만이 귀에 들렸다.

고정구에 담겨 있는 오른쪽 어깨에서는 아무 기척도 안 나서 그저 허공만이 붙어 있는 것 같았다.

"애드?"

정체 모를 공포가 떠미는 바람에 한 번 더 약간 세게 속삭였다.

"흐잉?"

그러자 이번에는 멍한 목소리가 나왔다.

"애드⋯⋯."

"이히히히히⋯⋯ 아니, 영 졸려서⋯⋯."

상자가 오른쪽 어깨에서 애매하게 출렁출렁 흔들렸다. 그 건성인 태도에 어쩐지 어처구니가 없어졌다. 딱히 용기가 솟거나 하진 않았지만 포기하려는 약한 마음도 어디론가 사라져 버렸다.

"⋯⋯자고 있어."

"그러마!"

이번엔 힘차게 말하고 목소리는 끊어졌다.

발걸음은 아주 약간 가볍고 옛날 도망치듯 내려갔던 비탈길을 등을 떠밀리는 것처럼 올라간다. 혼자만이 아니라는 것이 이렇게나 든든하다니.

"아, 눈 온다!"

플랫이 하늘을 가리켰다.

하나둘씩 하얀 것이 내리기 시작했다.

눈 냄새라도 맡고 있는지 스빈은 침착하지 못한 기세로 코를 킁킁 실룩이고, 스승님은 변함없이 언짢게 힐끔 시선만 주었다. 지금까지 수도 없이 봐온 고향의 눈이라도 그 날의 하얀색은 매우 특별하게 비쳤다.

──하지만.

그런 결과가 기다리고 있을 줄은, 감히 상상할 수가 없었다.

3

마을을 앞두고 내 발은 충격으로 멈추어 있었다.

이렇게나 작았었을까.

과거에 내 세계 전부였던 마을. 지금도 내 뿌리에 유착해서 평생 떨어지지 않을 거라고 여기는 장소. 하지만 돌아 와 보니 그 모습은 너무나도 작아서 기억 속의 장소와 도저히 일치하지 않았다.

'……아냐.'

그 감상을 부정했다.

'정말로, 일치하지 않아?'

"……어떻게 된 거냐."

스승님도 작게 신음했다.

마을은 변하고 말았다.

건물이 아니다. 지형도 아니다. 바람의 향도 빛의 색도 아니었다.

"……아무도, 없어?"

그렇다.

마을 사람 모습이 한 명도 안 보인다.

작은 마을이라고는 해도, 그렇기에 누군가 바쁘게 오가고 있었다. 불필요한 인간은 아무도 없었다. 그런데 겨울 하늘 아랫마을을 거니는 사람은 아무도 없었다.

실제로 마을에 도착해도 역시 인영은 없었다.

이 마을에서 곧잘 놀아주던 잡화점 할아버지도, 술집 아주머니도 없다.

우리 집에 가도 묘지에 가도, 어머니도 묘지기 벨사크도 없었다.

내친김에 성당에 들어가 검은 성모를 배알하고 지하실을 엿봐도 똑같았다. 기껏해야 휑하며 으스스 추운 응접실 탁자에 찻잔과 쿠키가 담긴 접시 등, 불과 조금 전까지 다 같이 먹던 것 같은 흔적만이 남아있을 뿐이었다.

뚱뚱한 페르난도 사제도, 불만스럽게 따라붙던 시스터 일루미아도 보이지 않았다.

"이럴 수가……."

피가 얼어붙는 것 같았다.

그 옆에서 스승님이 살며시 손을 뻗었다.

응접실 탁자에 놓인 컵을 슬쩍 건드렸다.

"완전히 식었군. 마리 셀레스트 호라면 홍차가 아직 옅은 김을 내고 있었다던데."

그리 중얼거리는 스승님.

선뜻 언급한 배의 이름은 아직껏 세계의 미스터리로 유명한 대양 한복판에서 갑자기 승선자 전원이 사라진 사건이었다. 확실히, 현재 마을 상황과 극히 가깝다.

이번에는 접시 테두리를 훑어 희미하게 들러붙은 먼지를 보았다.

"없어진 뒤로 웬만큼 시간은 경과했어. ……그렇다곤 해도 마을 사람들이 사라지기 직전까지 천천히 홍차를 마실 상황이던 건 확실하겠지. 다른 집을 봐도 모종의 천재지변이 엄습했다는 생각은 안 드는군."

예를 들어 지진이나 폭풍 때문에 피난했다면 좀 더 흔적이 남았을 터다.

마을 밖으로 탈출했든지, 생각도 하기 싫지만 미지의 괴물에 습격당했든지 간에, 이런 평온한 형태로 끝날 것 같진 않다.

"스빈, 냄새는 어때?"

"인기척은 전혀 없습니다."

코를 실룩거리면서 금발 소년은 대답했다.

"단지…… 이곳저곳에서 마술의 향이 나요."

마술의 향.

그건 어떤 것일까.

그만이 알 수 있는 감각에 갸웃거리자 플랫이 응접실 천장을 쳐다보면서 손가락을 빙글빙글 돌렸다.

"으음—. 확실히 마력의 흐름이 이상하더라. 산속은 마력이 짙어지기 쉬운데, 여기는 짙다기보다 이질적인 느낌이야. 뭐랄까, 똑바로 흘러야 하는데 빙글빙글 고리를 그린달까."

"고리보다는 나선 아닌가. 산이니 그쪽이 더 보통이겠지."

"아냐, 아냐. 이건 고리라고. 틀림없어! 같은곳을챗바퀴도는거야무한루프라고슈퍼배관공의게임에서다들빠졌던그거라고!"

"지레짐작은 좋지 않아. 그리고 냄새 전부가 같은 줄로 흐르고 있는 게 아니야. 필요한 건 전체의 바른 이해이지, 플랫처럼 한 발 뛰어넘어 본질에 당도하려는 건 그건 그거대로 틀렸어!"

"본질이라면 됐잖아! 일본 애니에서도 진실은 언제나 하나라고 그러는데!"

"본질을 찌르는 게 정답이 되는 건 상대와 술식이 올바르게 작용했을 때뿐이라고 선생님도 자주 말씀하시잖아. 플랫 너는 자기가 안 틀린다고 다른 데에다 그것을 끼워 맞추던데, 그게 꼭 완벽하진 않지. 이런 경우 전체와 부분을 동시에 관찰해서 확인해야 해."

스빈과 플랫 둘이서 이래저래 논의한다.

그런 모습을 스승님은 잠깐 묘한 눈빛으로 응시했다. 왠지 기쁜 듯하고, 어째선지 아주 조금 서운한 눈빛 같았다.

어느 정도 논의가 막바지에 이르렀을 즈음에 손을 짝 마주쳤다.

"일단, 거기서 끝내게. 단서가 너무 적어. 이 단계에서 모두가 가설에 가설을 쌓아봤자 갈피를 못 잡게 될 뿐 아닌가."

그렇게 지적하는 스승님.

둘 다 자각하곤 있었는지 그 말에 침묵했다.

그러고 나서 스승님은 가볍게 눈을 좁혔다.

"집단 실종 사건이라. 마치 『그리고 아무도 없었다』로군."

고전 미스터리를 입에 담고 자그맣게 한숨을 쉬었다.

그것도 무리는 아닐 것이다. 과거의 사건에 결판을 내러 왔을 텐데, 완전히 새로운 사건에 말려든 판국이니까. 나도 도대체 무슨 일이 일어났는지 알 수 없어 그저 당황할 수밖에 없었다.

'……다들…… 어째서.'

하늘로 솟았는지, 땅에 꺼졌는지.

내 고향이 직면한 이상 사태를 도저히 받아들일 수 없다. 틀림없이 내가 나고 자란 마을로, 기억 속의 광경과도 차이가 없는 만큼 인간만이 상실했다는 결여를 메우질 못했다.

호흡이 얕고 빨라진다.

가슴이 갑갑하다. 당장에라도 쓰러져 버릴 것만 같다. 턱도 없는 사고만이 뱅뱅 가속하며 자신의 내면을 애태우고 있다.

문득 콧구멍에 이국적인 향이 스며들었다.

어느 틈에 스승님은 늘 피우는 시가를 태우고 있었다.

그 냄새 하나로 묘하게 침착해지는 내가 신기했다.

천천히 손가락에 끼운 시가를 들어 올리고.

"둘로 갈라지지."

스승님이 제안했다.

"둘로?"

"그래. 이렇게 마을 사람들이 전원 행방불명된 이상, 우리도 뭉쳐 있으면 똑같은 피해를 볼 가능성이 있어. 그렇다면 정기적으로 마술로 통신하면서 따로따로 행동하는 편이 낫겠지. ──스빈, 플랫, 너희 둘에게 주위의 마술적인 요소에 대한 색출을 부탁할 수 있을까?"

"플랫과, 함께 말인가요."

스빈의 얼굴이, 선생님께 부탁받다니 영광이라는 기쁨과 플랫과 함께라는 민폐 때문에 실로 복잡한 심경을 띠었다.

"플랫만으론, 색출이 전부 그 자리의 기분과 영문 모를 헛소리가 될 거 아닌가. 이 자리가 아니라도 따라갈 수 있는 건 자네 정도일세."

"그렇게 칭찬받으면 부끄럽다고요, 교수님!"

"입 다물어."

"아야야야야! 자, 잠깐 교수님!"

바로 『강화』된 아이언 클로로 잡아드는 플랫의 몸. 바둥바둥 떠오른 두 다리를 파닥거리고…… 다만 이번만은 스빈의 표정은 딱딱했다.

"선생님……. 꼭 그 조합이어야만 하나요?"

"음, 무슨 의미지?"

"아뇨. 선생님이라면 플랫의 말도 이해할 수 있을 테고…… 앗, 아니, 가능하다면 저도 선생님과 함께 하는 게 물론 좋고, 그런 거 플랫에게 양보하긴 절대 싫은데 말이죠!"

"즉, 너와, 그레이 콤비로 단서를 찾겠다?"

이름이 나와서 가슴이 철렁거렸다.

지적받은 스빈도 한순간 동요하며 숨이 막혔다.

호흡을 멈춘 채로 갈팡질팡 시선을 번갈아 보내다가 귀 끝까지 새빨개졌다. 어떤 이치로 이루어졌는지 삐죽 선 금발까지 사르르 파도가 치며 안절부절못하는 개의 귀처럼 파닥거리고 있었다.

"……죄송해요. 소제와 콤비라니, 생각만 해도 싫겠다고는 생각하는데요."

"아, 어, 아니! 저기! 그렇지는, 않고!"

스빈이 우물쭈물 말했다.

교실에선 둘째가라면 서러울 활달한 말주변을 자랑하는데 이토록 어눌해지는 건 그만큼 나와의 조합이 난처한 것이리라. 어쩔 수 없다고는 생각하지만 약간 서운하다. 서럽지는 않은 건 그래도 진심으로 싫어하는 건 아닐 거라는 수준만큼은 신뢰하기 때문이지만.

스승님은 몇 초 생각하다가 고개를 저었다.

"안타깝지만 그 제안은 채택할 수 없군. 단서를 찾기엔 자네 코와 플랫의 마술이 최적이야. 마을의 흔적을 찾는 일에 관해서도 과거에 이 마을에 왔던 나와 그레이의 조합이 최적이겠지."

"……그렇겠죠."

스빈의 어깨가 살짝 처졌다.

"다만 염려는 이해하네. 연락은 부지런히 취하지. 플랫의 고삐를 잡는 건 힘들겠지만 자네뿐일세. 미안하네만 잠깐 의지하게 해주게."

"으, 네! 맡겨 주십시오, 선생님! 그레이땅! 잠깐이라고 하지 말고 얼마든지!"

활짝 얼굴을 빛내며 금발 소년은 씩씩하게 가슴을 두드렸다.

그렇긴 해도.

『──교수님! 좋은 말 할 거였으면 강철발톱 떼고 저도 끼워주세요! 의지한다거나 어쨌다거나 많이많이 칭찬해 줘요!』

손에 잡힌 상태의 플랫의 말은 웅얼웅얼 소리로밖에 들리지 않았지만.

4

스빈 글라슈에이트는 옛날부터 '이질' 적이었다.

엘멜로이 교실 내에서 현역 최연소 프라이드를 취득했기 때문이 아니다. 그런 문제였으면 아무런 둔통도 느끼지 않았을 것이다. 시계탑에서 수많은 마술과 만나는 건 소년에게 늘 즐거움을 주었고 선대 로드 엘멜로이처럼 그 마술들을 거의 다 습득한다는 재주는 못 부려도 자기 딴에 새 견지를 얻을 수는 있었다.

수성 마술은 그때마다 연마되어 스빈도 변화했다.

그렇다.

변화한 것이다.

결국 수성 마술이란 자기 자신을 다시 만드는 마술이다. 마술회로는 물론이거니와 그에 연유한 신경도, 근육도, 골

격도—— 현대과학으론 불가능하게도 신피질 및 구피질을
비롯한 대뇌마저 치환되는 감각을 느꼈다.

스빈은 이미 당시 심정을 기억하지 못한다.

무서워하고 있었을까. 아니면 기뻐하고 있었을까. 기억
으로 볼 때 울고불고하던 것만은 확실하지만 그것과 감정이
전혀 이어지지 않는다. 눈물이 슬픔의 표현인지 환희의 표
현인지, 과거의 자아는 끝끝내 뒤섞여 모호하게 멀어지며
'스빈 글라슈에이트'라는 존재는 단순한 기호로 영락한다.

그래, 기호다.

'……구별만을 위한, 명찰이겠지.'

조용히 스빈은 생각했다.

그 이상의 의미는 아무것도 없다. 마술사는 으레 마술각
인을 받았을 때부터 자신이 멀고 먼 선조의 방향성에 삼켜
지는 것을 수용할 수 있다는 모양이지만, 스빈의 경우에는
훨씬 치열했다.

더욱 단순하게도.

더욱 속절없게도.

종착지는 인간조차 아니었으니까.

괴롭다는 생각은 없었다. 그런 생각을 할 여유는 없었다.
수성 마술을 받아들여도 정신이 망가지지 않을 거라고 판가
름이 나자, 스빈의 몸에는 수많은 술식과 실험이 자행되었
다. 혹은 등가죽을 벗기며 재생 능력을 확인하고, 혹은 끓는

기름에 팔을 쑤셔 넣기도 했다. 지금의 스빈은 그 하나하나마다 괴로워했었는지도 알지 못한다. 짐승으로 영락한 자신이라면 그마저 쾌락으로 느꼈을 가능성조차 있는 것이다.

이성 따위 진즉에 박탈당한 짐승은 이미 마술사와도 거리가 있었다.

시계탑에 와서 엘멜로이 2세와 만나고 다소 구원받은 건, 아마 그 사람이 그런 스빈을 바르게 이해해 주었기 때문이다. 엘멜로이 2세는 평범한 마술사와 달리 마술 자체의 그릇에 불과한 스빈 글라슈에이트를 바르게 보호해 주었다.

아마 조금 뒤늦게 교실에 들어온 플랫을 무턱대고 미워한 이유도 같은 맥락이다.

처음 볼 때부터 그 녀석 냄새는 자신과 같이 틀에서 벗어난 존재라고 호소하고 있었다. 타인과 전혀 절충할 수 없는, 도가 지나친 합격품임을 틀림없이 처음부터 알고 있었다. 결함이라곤 하나도 없기 때문에 타인과 서로 이해할 수 없다고, 둘 다 진즉에 체념하고 있었다.

'……그래서.'

그래서 스빈에게는 그레이의 냄새야말로 특별했다.

인간 냄새가 아니고 마술사 냄새조차 아니며, 저 너머의 누군가가 만든── 옅고도 차가운 향이야말로 소년을 안심하게 했다.

단순한 연민일지도 모른다.

자기애와도 닮은, 추한 감정일지도 모른다.

하지만 그런 식으로 누군가를 마음에 그리는 건 처음 있는 일이었다. 머릿속을 직접 간지럽히는 듯한 그 향에 유혹되어 어느새 그녀를 쫓아간 적이 몇 번 있었는지도 모른다.

이 땅에 있으면 그런 그녀의 손바닥에 휩싸이는 기분에 젖을 수 있었다.

"……마치, 그레이땅 안에 있는 것 같아."

"음음? 그레이?"

나직이 중얼거리자 바로 앞에서 불쑥 얼굴이 돌아보았다.

울창한 숲이었다.

마을 주위를 둘러싼, 낮임에도 어두운 일대다. 엘멜로이 2세 일행과 갈라진 뒤 두 사람은 마을 북쪽 숲에 들어서 있었다. 아직껏 눈이 솔솔 내리는 중이라 나뭇가지와 잎 틈새로 때때로 눈조각이 흘러 떨어졌다.

플랫은 차가운 손끝에 숨을 호오 뱉은 뒤 천진하게 말을 이었다.

"그 검은 성모님도 왠지 모르게 그레이하고 닮지 않았어?!"

"그레이땅과 닮은 상대라곤 존재하지 않아. 선생님이 유일무이한 위인인 것처럼 그레이땅도 절대적인 미의 화신이다."

"응. 르 시앙의 마음은 잘 알아! 일본이라면 MOE나 WABI-SABI라고 하지! 그런데 우린 이번에 어디부터 조사할 작정이었더라?"

"그러니까 늪이라고."

스빈은 어이없다는 표정으로 대답했다.

곧장 으뜸가는 급소로 쳐들어갈 속셈이었다.

"이 마을의 이상은 명백하게 거기가 발단이야. 선생님 쪽은 혹시 모르니 터부를 어기지 말아야 하지만 우리까지 그걸 따라 할 필요는 없잖아."

"이야, 참. 이 마을 재밌던데! 여러 가지로 엉망진창이라!"

생글생글 웃으며 플랫이 말했다.

그러나 그 의견에는 동의할 수밖에 없었다.

"아무리 생각해도 이 마을은 묘한 작위가 너무 많아."

스빈도 결론지었다.

"애초에 마을로 기능하기엔 농경지가 지나치게 적어. 자급자족할 수 없는 이상 옛날부터 주위 부락에서 식량을 전달받았겠지만, 그러려면 이 마을에 그만한 가치가 필요하겠지. 금전적으로 풍요로워 보이진 않으니, 모종의 신앙 대상이 유력해."

"그게, 블랙모아의 묘지나 그 검은 성모님이란 뜻이야? 으음, 말이 안 되진 않는데, 그러면 좀 더 일반에도 유명하지 않을까?"

"그럴 가능성도 있단 것뿐이야. 선생님이라면 더 속속들이 추측하셨을지도—— 아니, 이미 틀림없이 나 따위론 닿지 못할 심연까지 이르셨겠지만."

스빈이 희미하게 눈매를 좁혔다.

'흠흠' 하고 지당하다는 양 끄덕이는 플랫이 어디까지 이해했는지는 모르겠지만, 일단 혼자서 할 때보다는 생각이 정리되었다.

"그레이가, 어쩐지 숭배받던 것 같다는 말도 있었지. 그렇담 그거도 관계있을 것 같아? 아, 혹시 그레이가 신경 쓸지도 모르겠다고 방금 얘기를 안 했던 거야? 그레이도 그 대목 설명하기 힘들어하는 것 같았으니 말이지."

그 말에 스빈은 멈칫거렸다.

때때로 이 급우는 유난히 감이 날카롭다. 마술 관계에선 항상 그렇지만 인간관계에서도 그렇다. 소소한 눈치는 도통 꽝인데 본질만 찔러대는 상대를 어떻게 평가해야 할까.

소년은 포기하고 어깨를 축 늘어뜨렸다.

"……맞아. 그 마을에 오는 도중에도 줄곧 애틋하고, 옅으며, 끊어질 것 같은 향을 내고 있었단 말이야."

"르 시앙은 옛날부터 주위에 신경 많이 쓰더라. 날 경계할 만큼!"

또 안다는 투로 떠든다.

그만 토라지고 싶어지는데 이 상대는 도통 그렇게 놔두질 않는다.

"그러니까, 르 ^개시앙이라고 부르지 마!"

스빈은 물어뜯듯이 말하고 코를 쿵 실룩거렸다.

"확실히, 묘한 냄새가 나긴 해."

그렇게 중얼거린 스빈.

걸음은 멈추지 않는다.

소년은 거의 일정한 속도로 끊임없이 걷고 있다. 울퉁불퉁할 뿐인 지면이든 삐져나온 떨기나무 가지든 전혀 문제가 안 되는 모양이다. 뒤따라가는 플랫도 마찬가지였다.

"지역마다 냄새는 다르고, 시계탑도 마력이 짙은 건 똑같아. 하지만 여기는 유독 삐뚤어졌어. 끈끈하게 짙은데 맡으려고 들면 바로 사라져. 거무칙칙한데 갓 빤 시트 같아."

"변함없이 스빈이 하는 말은—— 되게 알기 쉬워! 명작 FPS의 튜토리얼 같은걸!"

플랫이 손뼉을 짝 쳤다.

무심코 딴죽을 걸고 싶어지는 대화지만 이런 건 늘 있는 일이다.

둘이서 길 없는 길을 반쯤 헤치며 나가던 중에, 갑자기 스빈이 턱짓했다.

"저기다. 알겠어?"

"응, 응. 물론 알지."

플랫이 잘 안다는 표정으로 끄덕였다.

실눈을 뜨며 손바닥을 바닥에 스윽 가까이 댔다. 접촉은 하지 않고 몇 센티미터 간격을 띄운 채로 그 손이 지면과 평행하게 흘렀다.

"결계가 있네. 와, 꽤 오래됐어. 시계탑에서도 좀처럼 못 볼 만큼 오래된 거야, 이거."

"해제는 맡기마."

"그래그래. ——간섭 개시다."^{게임 셀렉트}

플랫의 손가락이 휘릭 움직였다.

복잡하고 정교하게 흐르며 일종의 도형을 형성하지만, 스빈은 이런 게 죄다 애드리브인 걸 알고 있다. 플랫의 마술식은 대부분 그때의 기분에 맞춰 만들어진다. 보통이라면 그런 마술이 성립할 턱이 없는데 간단히 실현되고 만다는 것이 플랫 에스카르도스가 이단인 이유다.

스빈의 수성 마술과도 닮은, 시계탑에서도 너무나도 희귀한 유형의 본질.

시선이 쓱 올라감과 동시에 이변이 발생했다.

처음부터 그랬던 것처럼 숲에 오솔길이 난 것이다.

"이쪽 인식에 작용하는 타입의 결계야. 얍, 관측 완료. 그럼 얼른 가보자."^{게임 오버}

소풍하는 기분으로 플랫이 콧노래를 부르며 오솔길을 달렸다.

그 뒤를 따르며 바로 입을 여는 스빈.

"늪에 가서는 안 된다는 규칙을 만든 이유를 잘 알겠군."

스빈이 속삭였다.

"늪에 가면 곤란하기 때문이 아냐. 애초에 마을 사람이 늪에 갈 수 없기 때문이지."

"아, 못 간다는 사실을 알아차리면 곤란하니까, 가지 말 것을 규칙으로 세웠다? 아하, 앞뒤가 맞네!"

이것도 일종의 와이더닛일 것이다.

왜 그런 규칙이 만들어졌느냐는 이야기.

이 마을의 늪에는 명명백백 뭔가가 숨겨져 있다. 그것을 감추기 위해 신비의 수호마저 아낌없이 설치했다. 그렇다면 이 앞에는 도대체 무엇이 있는가? 마을 사람들이 갑자기 실종된 이유는 무엇이란 말인가?

도중에 갑자기 플랫이 멈춰 섰다.

"이크, 더 있는걸."

"꽤 엄중하군. 플랫, 이 냄새면 가까운 데 있는 건 더미 아냐?"

"응. 실수로 건드리면 자동 반격하는 공성방벽^{블랙아이스}인 거지! 처음 결계를 넘어왔으니 다음은 죽일 생각이란 느낌이네."

또다시 플랫의 손가락이 얽히며 마술이 척척 풀려나갔다.

단, 이번에는 한 방에 끝나진 않았다.

"——에취!"

재채기와 함께 손가락이 풀린 것이다.

그 즉시 수목과 수목 사이를 잇는 빛의 회로가 생기고 허공에 부풀어 오른 마디 지점에서 두 사람에게로 화살이 발사되었다. 화살에 담긴 저주의 밀도는 맹수고 뭐고 반드시

절명시킬 만한 영역에 이르러 있었다.

"창백한 죽음이여."

Pallida mors

순간, 스빈의 입술이 주문을 읊조리자마자 그 등에서 긴 반투명의 촉수가 뻗어 나와 빛의 화살을 모조리 격추했다.

"아, 지금 그거 신기술?"

"요는 꼬리를 연상한 거다. 관위 마술사에게 자극을 받은 건 너만이 아냐."

"아하하, 토코 씨 발차기 엄청났으니깐!"

"거기서 발차기 들먹이는 녀석은 너밖에 없어!"

스빈의 항의를 거들떠보지도 않으며 플랫이 남은 결계도 해제했다.

이 둘에게 걸리면 모든 문이 스스로 열리는 것 같았다.

그러나.

이번에는, 그렇더라도 지나치게 늦었을지도 모른다. 그들이 마을에 도착했을 때부터 이미 입은 크게 벌리고 있었으며 그 어떤 천재 문제아들이라도 손쉽게 돌파하는 건 허용되지 않았다.

그 살의가, 형체를 빚었다.

"……안쪽이다. 지금 그건, 단순한 경고인가."

스빈이 속삭였다.

플랫도 깨달은 모양이었다.

그들은 블랙모아의 묘지 서쪽으로 돌아 들어가듯 늪을 향하고 있었다. 묘지를 경유하지 않은 건 예의 규칙에 저촉한다고 쳐도 하나씩 걸려들도록 조치하고 싶은 속셈 때문인데, 정답이었는지 아닌지는 알 수 없다.

숲의 그늘에서 소년들과 비슷한 크기의 형체가 줄줄이 분리된 것이다.

"——음음음? 이거 자동방위기구란 거야?"

플랫이 눈썹을 찡그렸다.

"…………큭!"

스빈은 그저 우두커니 서 있을 뿐이었다.

천천히 그림자가 걸어온다. 망설임 없이, 주저 없이.

"르 시앙?"

그 말에 재차 항의도 못할 만큼 스빈은 경악하고 있었다.

사람이었다.

작은 몸에 후드를 깊게 눌러 쓰고 있다.

그리고 낯익고 여린 손은 커다란 낫을 쥐고 있었다.

*

스승님과 나는 언덕을 오르고 있었다.

마을로부터 바로 남쪽, 주민들이 없어졌어도 풍차는 관계없이 돌고 있었다. 그것은 가루눈이 섞인 바람에 둔탁하게 삐걱거리는 소리를 내면서 폐허를 내려다보는, 외눈 거인처럼 보이기도 했다.

풍차 오두막이었다.

그 지척에서 나는 왠지 모르게 이해했다.

"……그 두 사람과 갈라진 건 여기에 올 속셈이었기 때문인가요?"

"두 패로 갈라지는 게 최적의 해답이라고는 생각하네."

무뚝뚝한 표정으로 스승님이 말했다.

"단지 만에 하나, 그 녀석들과 만나게 하는 건 피하고 싶었어. 무슨 화학반응이 일어날지 예측이 안 돼."

그 주장은 확실히 거짓말이 아니었다.

스승님 말이 타당했기에 스빈도 수긍했으니까.

하지만 결코 그게 다도 아니다.

"스승님은 좀 과보호해요. 아니 깨끗하게 체념 못하고 있잖아요. 여기까지 데려와 놓고."

"자각은 하고 있으니 그만하게."

무게 어린 목소리에 그만 미소 짓고 말았다.

"용서해 드릴게요. ……제대로, 소제를 데려와 주셨으니까요."

"자네가 없으면 죽어."

"네. 알아주시면 돼요."

언제부터 이런 식으로 대화할 수 있게 됐을까.

솔직히 말하면 아직 비명을 지르고 싶을 만큼 두려웠다. 고향 사람들이 모조리 행방불명되었다니, 쉽게 받아들일 수 있을 리가 없다. 그렇기에 여느 때처럼 스승님을 지키는 데만 집중할 수 있는 건 달가운 기분이었다.

몰래 호흡을 가다듬었다.

신중하게 풍차 오두막 입구를 열었다.

내부는 라이네스의 말대로 기묘한 수정 기기가 빛나고 있었다. 마치 신비로운 동굴처럼 빛을 통신의 매개로 삼는 수정들은, 우리 눈에 기계라기보다 미지의 세계에 숨은 생물처럼 비쳤다.

그러나 나와 스승님이 굳어버린 이유는 그보다 더 깊은 곳에 있었다.

"이건 또 참. 묘지기 아가씨가 스스로 돌아올 줄이야."

침착한 목소리가 우리를 마중한 것이다.

스승님이 꿀꺽 침을 삼키는 소리가 들렸다.

당연히 그러한 광경은 예상했었을 터. 그러나 예측과 현실은 다르다. 상상하던 상황이 눈앞에 나타나면 역시 충격에 사로잡히지 않을 수가 없다.

"……솔직히, 당신이 아직 여기 있을 줄은 몰랐소. 모종의 단서가 남아있길 바라긴 했지만."

"그리도 신기한가, 로드."

상대는 큭큭 웃었다.

옅은 와인 향을 두르고 있었다.

이런 외딴 마을의 등장인물로서는, 그 와인이든 재질도 확실치 않은 화려한 케이프든 간에 과할 만큼 고급스러울 것이다.

"그래, 그렇지. 마을 사람은 전원 사라졌을 테지. 나 하나가 여기에 남아있단 사실에 위화감을 느끼는 것도 무리는 아니야."

아틀라스 원의 원장—— 제피아 엘트남 아틀라시아는 천천히 끄덕였다.

5

"――음음음? 이거 자동방위기구란 거야?"

플랫의 말도 스빈의 의식으로부터는 멀었다.

큰 낫을 든 그 그림자는 잘 아는 상대와 너무나 흡사했다. 동시에 이 마을에서 일어난 사건을 들은 순간부터 혹시나 하고 생각하던 광경을 지나치게 고스란히 빼닮았다.

"그, 레이따……."

검은 낫이 망연히 서 있는 소년 앞에서 위로 올라갔다.

쉭 후려친 날이 저항하지 않고 있는 소년의 목을 지나갔다.

말 그대로, 지나갔다.

"……그림자 그림?"

적어도 실체는 아니었다.

낫을 후려친 직후, 그림자 또한 녹아들 듯 사라지고 숲에는 스빈과 플랫 두 사람만이 남았다.

"르 시앙! 뭐 하고 있어!"

"뭐하냐……니, 아니 가만. 네게는 뭐가 보였었지?"

"어, 뿌연 그림자로밖에 안 보였는데? 아니 그보다 르 시앙이 계속 굳어있어서 깜짝 놀랐다고! 그 그림자, 또 사라져 버렸지만! 저거 뭐야, 『사랑과 영혼』 같아!"

즉, 스빈과 플랫 각각 보이던 것 자체가 다르다는 뜻인가.

도대체 저 환상에는 어떤 의미가 있었던가.

"그보다, 일단 가보자!"

플랫이 손가락으로 가리켰다.

늪 방향이다.

기이한 냄새가 그들의 코를 자극하고 있었다. 개보다도 많은 냄새를 식별해 온 스빈의 후각으로도 처음 인식하는 냄새였다.

곧바로 하얀 운무가 피어올랐다.

아니, 그것은 안개가 아니었다.

"망령……?!"

신음이 튀어나왔다.

하지만 이만한 규모의 영은 본 적이 없다. 옛날 박리성 아드라에서 엘멜로이 2세가 마주친 사례라면 가히 육박했겠지만 스빈도 플랫도 그 자리에는 없었다.

"르 시앙, 보조를!"

플랫이 손가락을 들었다.

소년이 즉석에서 만들어낸 마술식에 스빈도 정기(오드)를 때려 박았다. 가능한 한 강도를 올린 마력의 돔을 뒤덮듯이 망령의 해일이 둘을 집어삼켰다.

"이거……."

"와, 와, 와, 이거 장난 아냐! 제트코스터 같아! 근데, 마치…… 어디로부터 도망치는 것 같은데……."

플랫의 눈길 해일 안쪽으로 바라보았다.

늘 호기심에 반짝반짝 빛나는 눈은 이런 상황에서도 숲속을 똑바로 응시하고 있었다. 늪이 있을 방향에서 소용돌이치며 약동하는 마력에서 눈을 떼지 못하고 있었다.

"굉장해! 저렇게 농밀하고 섬세한 식은 처음이야! 뭐가 어떻게 성립했는지 전혀 알 수 없어서 최고! 자자, 같이 보자, 르 시앙!"

"아아, 젠장. 자기 결계에서 몸을 내밀지 마, 멍청아! 보조하는 내 처지도 되어 봐! 아니 그보다 저런 찌릿찌릿한 냄새에 접근해서 뭘 어쩌려고! 그냥 나가 죽어, 멍청아!"

스빈이 한 손으로 벨트를 붙들고 당장에라도 뛰쳐나갈 듯한 플랫을 끌어당겼다.

그러나 이 경우엔 쓸데없는 노력이었을지도 모른다.

"아, 아, 아, 뭔가, 움직이고 있어!"

플랫이 외치는 소리와 동시였다.

뭔가가 꾸불텅 일그러졌다.

*

"제피아…… 씨……."

나는 쥐어짜듯 그 이름을 입에 담았다.

평소라면 그런 문답은 스승님에게 맡겼을 텐데 이번만은 직접 도화선을 당긴 이유는, 역시 고향에서 벌어진 사건이기 때문일까.

"흠, 이 패턴에서도 자네에게는 몇 번쯤 전갈이나 자료 전달을 부탁했었지. 하긴 웬만한 경우에는 벨사크 선생이었지만."

"대답해 주세요."

나는 거듭 말했다.

"여기서, 무슨 일이 있었던 거죠?"

"무슨 일이 있었느냐라."

제피아의 목소리가 살짝 먹먹하게 들렸다.

"질문의 방향성으로선 틀린 게 아니지만 좋지는 못하군. 각본에 물을 말이라면 주제를 축으로 삼아야지 않겠나. 주제가 중요하다는 진부한 말이 아니라, 이야기에서 소재가 주제를 중심으로 배치되어 있기 때문이라는, 단순한 사실 때문이라네."

"…………."

장황한 말에 가슴 일부가 삐걱 소리를 냈다.

짜증이 아니다. 공포와도 다르다. 눈앞의 상대가 너무나도 동떨어져 있다는 감각. 인간이라고 여기며 대화하던 게 사실 정교한 인형이었다거나, 포유류인 줄 알았던 상대가 사실 벌레였다거나, 그런 감각이다.

마술사 상대로는 늘 느끼고 있었지만 이 상대는 그 어느 것과도 다르다.

이래저래 익숙해지기 시작한, 시계탑의 마술사들과는 완전히 이질적인 존재.

"그 점을 고려하고 대답하지. 여기서 있었던 건 단순히 케케묵은 계약이야."

"계약?"

"내가 원장이 되기 훨씬 전에 이루어진 계약이지. 아아, 기왕 돌아왔으니, 그래. ——내부 사정에 관해 좀 더 설명해 볼까."

제피아는 눈길을 스승님에게로 움직였다.

"명색이 로드란 입장이지 않나. 아틀라스의 계약서는 당연히 알고 있겠지?"

"세계에 일곱 장 뿌려졌다는 계약서 말이오?"

"맞아, 일곱 장의 계약서야. 이 계약을 발동한 대상에게 아틀라스 원은 반드시 협력해야만 하네."

제피아가 담담하게 말했다.

나야 마술의 속사정에는 어둡지만 매우 중대한 이야기라
는 건 알겠다.

아틀라스 원이 꼭 따라야 하는 일곱 장의 계약서. 예를 들
어 아틀라스 원이라는 말을 시계탑으로 치환하면 그 효력
이 어느 정도 사태를 일으킬지 상상도 가지 않는다. 스승님
외에 만난 로드라면 3대 귀족인 로드 밸류엘레타가 있지만,
그 수준의 인물이 계약에 따라 협력한다면 세계에 얼마나
큰 자취를 남길까.

라이네스가 말하지 않았던가.

──아틀라스의 뚜껑을 뜯지 마라. 세계를 일곱 번 멸할
거다.

스승님이 한 박자 띄우고 말을 꺼냈다.

"단도직입적으로 묻겠소. 닥터 하트리스가 관계되어 있
나⋯⋯?"

"흠. 닥터 하트리스라."

제피아가 근처 책상 위로 손가락을 뻗쳤다. 수정이 뭔가
에 울려서 '쨍' 하고 딱딱한 소리를 냈다. 아름다우면서 왠
지 쓸쓸한 소리였다.

"확실히, 나는 그 사내와 거래했네."

"──────큭."

스승님이 주먹을 꽉 쥐었다.

"지금은 어디에 있나. 아니, 하트리스는 무슨 생각으로 당신에게 접촉했지?"

"이런, 질문이 퍽 직설적으로 변했군. 과연, 내가 조사하던 쪽과는 다른 범위지만 그자는 자네에게 꽤 인상 깊게 접촉한 모양이야."

"대답은 안 해주겠소?"

다그치던 스승님의 표정이 별안간 흔들렸다.

수정이 다시 소리를 낸 것이다.

공명은 그것만으로 그치지 않았다. 몇 겹씩 거듭하며 우리를 에워싸듯이 울려 퍼졌다. 마치 소리의 결계처럼 연쇄되는 음향이 우리를 몰아넣고, 제피아가 천천히 고개를 들었다.

"아아, 기동했군. 이 마을에는 아틀라스의 병기가 있어."

"──────흡!"

숨이 막혔다.

스승님도 눈을 부릅떴다.

"아틀라스의 7대 병기. 그 성질은 재연(再演). 나로서도 정든 물건이지. 정식명은 없지만 로고스 리액트라며 부르고 있네."

"……무슨, 말을 하고 있지?"

"그러니까, 사정 설명 말이야. 로드 엘멜로이 2세. 전부 자네가 듣고 싶어 하는 것일세."

"…………."

라이네스가 이야기하던 것과 마찬가지다. 모조리 앞질러 가서 핵심만 전달받는 감각.

뭐가 뭔지 죄다 모르겠는데, 그런데도 지독하게 중대한 사실을 이야기한다는 것만이 저절로 이해된다. 아아, 오해를 무릅쓰고 말하자면 갑자기 핵병기가 있는 곳과 기동 코드라도 가르쳐 주는 기분이다.

너무나도 가벼운 투로, 피시&칩스라도 사겠다고 하듯이.

"그건……."

머뭇대는 스승님 앞에서 제피아가 스읍 숨을 들이쉬었다.

"돌려라."

그 소리는 인간의 목에서 나왔다고 여길 수 없을 만큼 무기질적이고, 볼품없이 쉬었으며, 공허하게 울려 퍼지는 음성이었다.

고장 난 오르골과도 비슷하게, 차라리 미쳐버릴 만큼 한결같게.

멸종한 늑대 울음소리와도 비슷하게, 이미 되찾지 못할 만큼 우스꽝스럽게.

"과거를 현재로, 현재를 과거로, 거꾸로 돌려라돌려라돌려라돌려라돌려라돌려라돌려라."

거기서 말을 그친 제피아가 입술을 끌어 올리며 과장스럽게 인사했다.

"다시 말해 이건 단순한 가능성의 잔재야. 세계의 선택에 따라서는 왈라키아로 전락했을 나와 닮았음에도 결정적으로 다른 현상 중 하나지. ……아아, 그래. 머나먼 극동의 신비를 본떠서 *타타리의 밤이라고나 부르면 될까."

단정한 입술이 일그러진다.

마찬가지로 시야가 꾸불텅 일그러졌다.

나뿐만 아니라 스승님도 마찬가지라는 증거로 한쪽 무릎을 꿇고 있었다. 온 세상의 빛이 헐레이션을 일으키고 동시에 어둠과 뒤섞이며 예전에 보았던 극동의 수묵화 같은 흑백으로 모든 것이 일그러진다.

"제피아!"

스승님이, 외쳤다.

신경은커녕 마술회로마저도 그 일그러짐 속으로 빨려들어 정상적으로 기능하지 않는다.

시각도 청각도 후각도 미각도 촉각도, 그 무엇도 정상적

---

*타타리는 일본어로 신령 및 원귀 등이 내리는 화를 의미한다.

인 정보를 잡아내지 못했다. 나는 천공으로 낙하하는 새이며, 유충으로 부화하고자 하는 나비이고, 건드린 것 전부를 얼리는 불꽃이었다.

"——밤을 헤매라."

제피아의 목소리가 들렸다.

"진실 아닌 허구를 찾도록. 자네가 풀어야 할 허구의 수수께끼를 추구하라. 그것이야말로 자네가 당도하기 위한 유일한 수단일세, 로드 엘멜로이 2세."

6

──코드: 로고스 리액트, 재입력.

──왜곡고정치: B.

──적출기간: ■ ■ ■ ■ ■ ■ ■ ■ ■ ■

── ■ ■ ■ ■ ■ 프로그램 스타트. 대상의 변환을 개시.

──전 행정, 완료.^{클리어} 아틀라스의──

목소리를, 들은 것 같았다.

나로선 도저히 이해할 수 없는, 목소리라기보다 더욱 직접적인 『정보』^{코드}였다.

정신이 들자 부드러운 침대 위에 있었다.

"여기……는……."

내 목소리가 몹시 애매하게 흔들렸다. 머리가 아프다.

비척비척 일어나서 평소처럼 1층 거실로 내려갔다.

"안녕, 그레이. 잠자리가 불편했니?"

이상하다.

몸이, 위화감을 호소한다.

세계가 밝다. 체내시간과 일치하지 않는다. 그리고 이 온기는 뭐지? 눈이 날리던 날씨는 어디 갔는지. 운동 좀 하면 땀이 밸 것 같은 햇살이다.

'초여름……?'

그렇다면 앞뒤가 맞는다. 하지만 그런 일은 있을 수 없다.

"그레이?"

그래, 그렇다.

여기는 어디지?

바로 좀 전까지 스승님과 함께 제피아와 대치했을 터다. 아틀라스 원의 원장이란 괴물은 도저히 내 이해가 미칠 범주에 속하지 않았지만 그래도 스승님만은 꼭 지키겠다고 굳게 마음먹었다. 그런데, 지금의 나는……

"얘, 그레이. 왜 그래?"

부엌에서 다시 어이없는 투의 목소리가 날아왔다.

어쩜 이렇게 귀에 익은 목소리일까. 진작 깨달았는데도 표층의식이 받아들이지 못한 사실. 자신의 감각기관을 자신의 뇌가 믿지 못했다. 믿을 수 있을 턱이 없다. 이런 계절과 이런 상대, 이런 조합을.

"어…… 저기, 어떻게…… 여기는…….."

"얘가 무슨 소리야."

부드러운 웃음소리가 들렸다.

"여기는 네 집이잖니. 아직 잠이 덜 깼어?"

부엌에서 갓 구운 빵을 들고 나타났다.

아아, 알고 있다. 나는 그 상대를 누구보다 잘 안다. 누구보다 잊을 수 없다. 당연하지. 내가 태어난 순간부터 함께하며 내가 이 모습이 된 것을 누구보다 기뻐해 준 사람이니까.

향긋한 빵 냄새에 참을 수 없는 향수와, 비슷한 수준의 공포를 느꼈다.

"어……머니……."

나는 신음했다.

제4장

1

"어제는 어땠었어?"

부드러운 목소리가 귓불을 때렸다.

나는 넋이 나가 우두커니 서 있는 상태였다. 왜, 이리됐는지 모르겠다.

"새로 온 손님의 안내를 했었다며? 엘멜로이 2세 씨라던가."

"어, 아…… 네."

그 말도 들은 기억이 있었다. 기억이 확실하다면 처음 스승님과 만난 다음 날 아침이다. 이 더위도 당시 계절이라고 여기면 수긍은 간다.

하지만 도대체 무슨 일이 일어난 것인가.

과거로 돌아왔다고 여길 수밖에 없는 이 대화는, 어찌 된 영문이지?

무엇보다 내게 말을 건 그 상대는 틀림없이 어머니다. 당시의 나와 같은 대화를, 같은 표정으로 하던 그녀를 나는 어떤 식으로 받아들이면 되지?

"어머니……."

멍하니 중얼거리다가 어느 사실을 깨닫고 고개를 홱 돌려 거울을 쳐다보았다.

여느 때의, 내 얼굴이었다. 플랫의 환술이 풀려 있다. 과거로 돌아온 것이라면 당연하고, 의상도 당시 입던 것이었다. 런던에 도착한 뒤의 의상은 라이네스나 스승님이 골라 준 것이 많아서 옛날의 나하곤 꽤 취향이 달라지고 말았다.

그런 변화에 대한 경악을 억누르면서 탁자 앞에 앉으니, 어머니가 솜씨 좋게 조반을 차렸다. 갓 구운 빵에 신선한 우유, 양파 피클과 아침 햇살. 그 하나하나에 몸서리를 칠 것 같았다.

"어제는 이상한 꿈을 꾸었단다."

맞은편에 앉은 어머니가 중얼거렸다.

빵을 뜯어 버터를 바른다. 희미하게 달콤하고 자상한 향기. 어릴 적에는 너무 듬뿍 바른다고 곧잘 혼나곤 했다.

"그 손님이, 너를 데리고 떠나는 꿈이었어. 이상하지? 그런 일이 있을 리가 없는데."

"……네."

쭈뼛쭈뼛 끄덕였다.

그런 대화도 한때 있었을까. 기억이 또렷하지 않다. 도를 넘어선 사태에 아직 곤혹감이 가시지 않아서 심장이 펄떡펄떡 뛰고 있다.

나도 차린 조반을 입에 댔다.

몇백 번이나 먹은 것과 똑같은 맛이었다. 런던에서 대접받은 찬란한 요리들과는 비교할 수도 없이 소박하지만 그 맛은 뒤떨어지는 게 아니다. 그런데 지금은 지극히 두려워서 삼키는 것조차 머뭇거렸다.

목에 여러 번 걸리면서도 겨우 배에 집어넣었을 때 어머니가 일어섰다.

"그럼 성모님께 기도하러 갔다가 큰할머님을 뵙고 올게. 벨사크 씨한테도 안부 전해 주렴."

두세 걸음 걸은 뒤에 문득 생각이 났다는 듯 뒤돌아보았다.

"깜빡했네. 묘지기는 중요한 일이지만 계속 매달리고만 있으면 안 돼. 너는 무척 소중한 성손(聖孫)이니까."

몇 번이나 타이르던 말.

결코 잊은 적은 없으나 그런데도 런던에서 생활하며, 많은 사건과 관계하면서 조금씩 흐려지던 말. 어머니의 입이 읊으면 그것만으로도 목덜미가 꽉 옥죄는 기분에 젖었다.

"……네."

한 번 더 고개를 숙였다.

이번에야말로 어머니가 떠난 뒤, 나는 기어가듯 방으로 돌아갔다.

방구석에 작은 소리로 불렀다.

"……애드."

그렇게, 애원하듯이.

당시의 애드라면 아마 수다쟁이였을 것이다. 나더러 늘 굼벵이 그레이라고 부르던 시절의 애드. 무슨 일이 있을 때마다 날 놀려대고 가지고 놀며 항상 즐겁게 웃던, 얄미운 상자. 나한테는, 이 마을에서 단 하나뿐인——.

그런데 대답은 없었다.

버티지 못해 후크를 풀고 오른쪽 어깨로부터 새장을 끄집어냈다. 작은 상자에 조각된 눈은 처음부터 그랬던 것처럼 굳게 감겨 있었다.

"……애드. 어째서, 애드……."

어째서, 이럴 때 깨어나질 않는단 말인가.

나는 새장을 껴안은 채로 한참 동안 미동도 하지 못했다.

2

집을 나가 엉키는 다리로 마을을 거닐었다.

주민들은 다들 돌아와 있었다. 고향을 떠나기보다 전의 과거라면 당연하지만, 갑자기 초여름으로 되돌아온 기후도 어우러져 마치 내가 유령이라도 된 심경이었다.

백일몽이라면 그나마 낫다.

그러나 이렇게 솟아나는 땀을 닦으면서 마을을 거닐고 있으려니, 전혀 다른 망상이 솟아나는 것을 참기 힘들었다.

'마치…….'

고향을 나가 런던에 도착한 뒤의 사건 쪽이 허깨비였던 것 같다.

아니지. 그렇게 생각하는 편이 훨씬 자연스럽지 않은가. 이런 내가 마술사들의 배움터에 초대받아 로드 중 한 명의 입실제자가 되어 몇 번씩 사선을 넘어왔다니, 상상력이 풍부한 것도 정도가 있다. 확실히 나는 책을 좋아하고 틈만 나면 독서에 빠졌었지만 아무리 그래도 지나치다.

"……아냐. 소제는, 거기 있었어."

고개를 젓고 말로 또렷하게 표현했다.

그러지 않으면 눈 깜빡할 새에 이 장소에 순응할 것만 같았다. 고산 특유의 상쾌한 공기도, 강한 햇살도, 흙냄새도, 낡은 집들도, 너무나 친밀감이 깊었다. 나고 자란 곳이라서 더더욱 무서울 만큼.

성당 앞에서 거의 공처럼 둥근 인물과 만났다.

뚱뚱하게 세 겹으로 겹친 턱, 코끼리나 하마가 연상되는 배 둘레는 사제복에 들어가는 게 신기할 지경이다. 톡 삐져나온 팔다리를 유머러스하게 느끼는 사람도 있을지 모르겠다.

페르난도 사제.

그 옆에는 아랫입술이 도톰한, 주근깨 수녀가 서 있었다.

"너, 무슨 일이니?"

수녀 쪽이 말을 걸어왔다.

"왜, 왜 그러세요."

"왠지 낯빛이 안 좋은걸. 이 마을에선 귀하신 몸이잖아. 그런 표정으로 어슬렁어슬렁 걷다간 이래저래 걱정 사지 않아?"

"······감사, 합니다."

생각지도 못한 말에 그만 나는 눈을 끔뻑이고 말았다. 페르난도 사제와 시스터 일루미아는 이 마을에서 나를 신성시하지 않는 소수의 인물이지만, 이런 식으로 말을 걸어준 기억은 없었기 때문이다.

페르난도 사제가 이 모습을 흘긋 쳐다보았다.

"흠. 방금 어머님께서 성모님께 기도하고 싶다고 하시던데요, 당신도 그 용무 때문에 오신 겁니까?"

그리고 내게로 말을 돌렸다.

"어, 아뇨. 소제는 그럴 생각은 없고요."

"그럼 늘 들르는 벨사크 공 댁에 가시는군요."

사제가 목살을 푸르르 떨며 끄덕였다.

"그러고 보니 어제는 그레이 교우님이 손님들께 마을을 안내했다던데."

"······아, 네."

"무슨 용건으로 오셨는지는 들으셨습니까?"

"아, 아뇨. 그런 대화는 하지 않아서."

아마, 그랬을 것이다.

반년 전의 상황에 생각을 뻗쳤지만 당시의 나는 묘지와 마을 설명 정도밖에 하지 않았다. 세세한 구석까지는 역시 기억나지 않지만 대강은 맞을 것이다.

"그렇습니까. 물론 관광이든 뭐든 상관없습니다만 다소

마을 사람이 신경이 곤두선 것 같더군요. ……제가 교회에 부임했을 때도 그랬지만 외부인자에 과민한 면이 있어요."

끝부분은 내게 하는 말이 아니라 혼잣말 같았다.

"만약 무슨 힘든 일 있으면 말씀해 주십시오. 성당의 문은 항상 열려 있고 늘 드리는 말씀이지만 성모님 외에도 용무가 있으면 저로서는 기쁠 따름이기에."

"……감사합니다. 사제님과 수녀님은, 어디 가세요?"

"뭐 사러. 오늘은 행상이 오는 날이니까."

수녀가 손을 설렁설렁 흔들었다.

밖에서 전기도 들지 않는 마을이지만 정기적으로 업자가 천연가스 등의 자원을 날라주고 있다. 나한테 이따금 사다주는 책도 그런 경로를 통한 물건이었다.

"그럼 일루미아. 가봅시다."

"네네, 사제님. 너무 서두르다가 무릎 다쳐요. 벌써 나이 지긋하시니까."

"크흠."

페르난도 사제는 어깨를 으쓱인 수녀를 노려보고 성큼성큼 걸어갔다.

어쨌든 두 사람과의 대화 덕에 약간 침착해진 건 사실이었다.

스치듯 눈을 감았다가 떴다.

'……대체.'

대체 뭐가 어떻게 된 건지는, 역시 모르겠다.

하지만 이게 이전의 일상이라면 가야 할 장소는 하나뿐이었다.

생각대로 성당 뒤의 오두막집에 당도하자 경쾌한 소리가 나를 맞이했다.

검은 옷을 입은 노인이 마침 오늘 몫의 장작을 패고 있었다.

날의 넓이만 재도 성인 여성의 허리둘레 수준이 될 만한, 거대한 도끼를 한 손에 들고 리듬감 있게 목재를 패고 있다. 나로서는 낯익은 광경이지만 벨사크의 나이를 고려하면 터무니없다는 사실을 지금은 이해하고 있었다.

벨사크는 돌아보지도 않으며 등 뒤의 내게 물었다.

"오늘은 늦었군, 그레이."

"조금…… 갈팡질팡하는 바람에요."

호흡을 가라앉히면서 가슴을 쓸어내리고 몰래 주위를 관찰했다.

오두막집에도, 벨사크에게도 변화의 낌새는 없다. 내가 아는 과거와 다름없다. 담담하게 장작을 패는 묘지기의 모습에 조금 뜸을 들였다가 내가 먼저 말을 붙였다.

"저, 벨사크…… 씨."

"…………."

맞장구는 없다.

늘 한결같다. 과묵하다는 표현과는 조금 달라서, 필요해지면 오히려 유창해지는 걸 보아 일상 대화 자체에 관심이 없는 것 같았다. 그래서 나도 신경 쓰지 않고 질문을 던졌다.

"……이 마을에, 무슨 일 있었던 것 같지 않으세요?"

도끼를 들어 올린 손이, 멈추었다.

벨사크가 이마에 옅게 솟은 땀을 닦고 내게로 고개를 돌렸다.

"뭐가 말이냐."

"아, 아뇨. 저기, 예를 들어 다들 갑자기 사라졌다든가, 겨울이었는데 여름으로 되돌아온 것 같다든가."

"……무슨 소리 하는 거냐?"

벨사크의 미간에 잡힌 주름이 깊어졌다.

고민만이 실체화한 듯한 스승님의 주름과 달리, 벨사크의 주름은 오랜 세월 묘지기를 지속하며 비바람을 쐬고 때로는 사냥하러 나가서 며칠씩 산속에 틀어박히는 과정을 통해 형성된 것이다. 내면과 외면의 차이라고 표현하는 건 얕은 소견일까.

나는 얕은 호흡을 억지로 깊게 몰아쉬면서 물끄러미 올려다보고 중얼거렸다.

"……책에서 좀, 그런 걸 읽다 보니 묘한 꿈을 꾸었을 뿐이에요."

"그러냐."

벨사크는 싱겁게 수긍했다.

그러고 보니 이 사람도 뜻밖에 애서가라서 그런 심리는 이해했을지 모른다. 무슨 일이든 소극적이던 내가 현실도피할 곳으로 독서를 택한 것도 이 사람의 책장에서 탐정 소설이니 모험 소설 같은 걸 발견한 덕이었다.

"그보다 어제 손님에 대해서 말이다."

벨사크가 도끼를 놓고 재차 말했다.

"무슨 일이, 있었나요?"

"네, 얼굴에 관해 묻더군."

철렁해서 내 뺨을 만졌다. 플랫의 환술이 풀린 얼굴.

"소제의, 얼굴이요?"

"과거의 영웅과 네 얼굴이 같다는 것 말이야. 시계탑의 로드가 어떻게 그런 걸 다 아는지."

그래, 맞다. 그런 대화를 나누었다. 당시 얼마나 큰 충격을 받고 우두커니 서 있었을까. 설마 외부에서 온 사람이 내 얼굴에 대해 언급할 줄이야.

동시에, 알았기 때문에 각인처럼 스며들었다.

──왜냐면 그 사람은, 내 얼굴을 무서워해 주었다.

──알고 있었는데, 무서워해 줬어.

그때, 그 말은 어둠 속의 빛이었다.

단순히 내 얼굴을 모를 뿐이라면 페르난도 사제 일행도 그렇다.

하지만 얼굴의 의미를 알면서도 이 얼굴을 무서워해 준 상대는 처음이었다.

줄곧 괴로워하던 나인데 남의 얼굴에 관해서, 그 사람은 싫어해 준다는 선택지를 내려 주었다. 그렇기에 이다음 그 사람의 입실제자가 된다는 미래를 걸을 수도 있었다.

새삼스레 그건 기적 같은 사건이었다고 되새겼다.

"……왜 그러지? 아직도 멍한데."

"아, 아무것도 아녜요. 그, 그런데 왜 얼굴 얘기가 나왔어요?"

"그 손님 양반, 블랙모아의 묘지기를 고용하고 싶다더군."

그렇게 말한 벨사크가 내 쪽을 쳐다보았다.

"너도 그중 한 명임은 틀림없어. 하지만 이치대로 따지면 이 마을은 너를 안 놔줄 거다. 이곳은 먼 옛날부터 그런 시스템으로 굴러갔으니까."

"……네."

물론, 그 말이 옳다.

그래서 당시에도 이야기는 여기서 끝났다. 우연히 기적 같은 만남이 뚝 떨어졌지만, 역시 나하곤 인연이 없는 일이

었다고 이해가 주어졌을 뿐. 약간 서러웠지만 그 이상의 감
상을 느낀 적도 없다.

없었을 터다.

"……저, 그래서, 벨사크 씨는 손님에게 무슨 얘기를 한
거죠?"

"응?"

그렇게 말하자 벨사크는 묘한 표정을 지으며 시선을 되돌
렸다.

"별일이군. 네가 그런 것을 신경 쓰다니."

"그, 그래요? ……하지만 제 일이니까요."

"하긴 그렇다마는. 시계탑의 로드씩이나 되면 역시 대충
발뺌할 수도 없어. 네 얼굴의 기원과, 애드 관련에 대해서
솔직하게 얘기했지."

내 얼굴의 기원.

요컨대, 브리튼이 내세우는 대영웅── 아서 왕.

아아, 웃지 말아 주길 바란다. 아서 왕이 여자라니, 나 스
스로도 그건 이상한 이야기라고 생각한다. 그러나 이 마을
에는 그와 같은 전설이 지금껏 남아있고, 그 영웅이 썼다는
보구마저도 보존되어 있었다.

바로, 애드가.

벨사크가 문득 내 오른쪽 어깨 주변을 응시했다.

"오늘은 그쪽도 조용하군. 평소라면 쓸데없이 헤살을 놓

을 때일 텐데."

"……그게, 어째선지 양쪽 다 잠자리를 설친 것 같아서
요."

"흠. 그런 일도 있나."

벨사크는 다듬지 않은 수염을 쓰다듬었다.

애드는 변함없이 침묵한 상태다. 계속 위장 속이 싸한 기
분이었다.

"어쨌든 간에 좀 더 속을 짚어볼 필요가 있겠지. 오늘도
손님 안내는 널 시킬 셈인데, 문제는 없고?"

그 말에 이번에야말로 얼어붙을 뻔했다.

스승님과 만나라고 벨사크가 말한다. 하지만 지금껏 겪은
바와 같다면 스승님도 마찬가지이리라. 나와 함께한 반년을
모르는 스승님과 만나면 난 이번에야말로 깨져버리는 게 아
닐까.

"왜 그래? 무슨 싫은 경험이라도 했나? 마술사라면 뭐 이
상한 취향으로 믿을 수 없는 짓을 저질러도 이상하진 않지
만…… 설마 그 로드……."

"아, 아녜요!"

말을 가로막으며 황급히 고개를 저었다.

벨사크는 잠시 의심스럽게 내 눈치를 살폈지만 당시의 내
성질로 보아서 뭘 숨기지도 않겠거니 판단했는지 가까이 있
던 바구니를 들어 올렸다.

"점심 대신이다. 손님 쪽에 이걸 들고 가 봐."

"……아, 알겠습니다."

받아든 내게 벨사크가 한 번 더 물었다.

"왜 그래?"

사내다운 눈썹을 찌푸렸다.

"역시 평소와 달라. 여름 감기라도 걸렸느냐? 아니면 오늘은 행상이 오는 날이라서 뭐 살 거라도 생각났어?"

"……아무것도, 아녜요."

나는 부정하고 뿌리치듯이 발길을 돌렸다.

손님에게 빌려준 사냥용 오두막까지는 금방이었다.

금방, 도착하고 말았다. 좀 더 멀리 돌아서 올걸, 그런 잔꾀도 전혀 떠오르지 않았다. 자신의 뼈와 살이 어느 틈에 톱니바퀴와 용수철로 뒤바뀌어 기계장치 인형이 된 기분이었다.

문 앞에서 우뚝 굳어 버렸다.

그 앞으로 내딛는 행동이 목이 알알할 정도로 두려웠다.

입술을 깨물었다.

혀끝에 쇳녹 같은 맛을 느끼면서 나는 생명을 내던지듯 문을 밀어젖혔다.

상대는 바로 보이는 탁자 앞에 앉아 있었다.

긴 머리에 훤칠한 손가락. 입술에는 항상 피우는 시가. 그때와 같은 여름용 재킷. 문을 연 내 쪽을 품평하듯 쳐다보고 있다.

어쩌지.

어떡해야 하지?

이토록 두렵고, 이토록 불안하다. 도대체 뭘 어떤 식으로 전하면 당신과 나는 이 반년 이상이나 되는 시간 동안 함께 지내고, 여러 사건을 헤쳐 나왔다고 이해해 줄까? 그런 건 망상보다 더 질이 나쁘다. 아니 망상으로 받아 준다면 그나마 낫지. 촌구석 계집애가 무슨 나쁜 꿈이라도 꾸었느냐며, 다정하게 달래기라도 하면 앞으로 어떻게 살아가야 할까?

그래도 갈라진 목소리는 멋대로 튀어나왔다.

"스, 스승님……."

쥐 죽은 것만 같은 정적이 팽팽해졌다.

그리고.

"……다행이다."

스승님이 깊은 한숨을 내쉬었다.

"아무래도 자네는 내가 아는 그레이가 맞나 보군."

"스승님!"

그 한마디에 얼마나 안심했을까.

이 과거로 날아온 뒤로 줄곧 느끼던 불안이 단번에 해소된 심정이었다.

벅찬 나머지 그 자리에 허물어지고 말았다.

"그레이."

"괘, 괜찮아요. 괜찮으니까요."

한 손을 들어 제지하면서 힘이 들어가지 않는 무릎을 가볍게 문질렀다.

까딱하면 울어 버릴 것만 같았다. 젖은 눈꼬리를 티 안 나게 문지르고 고개 움츠린 채로 연방 끄덕였다.

"정말…… 괜찮아요……. 정말…… 다행이다……."

아직 고개를 들 수 없다. 진심으로 후드가 있어서 다행이라 생각했다.

스승님도 재촉하지 않았다. 침묵은 너무나 자상하기 그지없어 또 울음이 날 것 같았다. 이런 건 치사하다. 담배 냄새는 옛날과 변함없는데 침묵에선 반년 이상의 시간이 실감나서 가슴속을 너무나도 울렸다.

맡았던 바구니를 놓고 간신히 심장 고동을 가라앉힌 뒤에 물었다.

"저, 스승님은 언제──."

"내가 정신이 든 건 몇 시간쯤 전이네. 마을 사람 몇몇하고 말을 나눴지만 아무래도 자네와 만난 시점의 과거와 닮은 장소 같더군."

스승님이 신중하게 말을 고르면서 말했다.

요컨대, 얼추 나와 비슷한 시간에 깨어난 모양이다.

"플랫과 스빈은요?"

"모르겠네. 마술로 한 탐지에도 걸리질 않아."

스승님이 고개를 가로저었다.

이번에는 침통한 기색이 섞여 있었다.

"……데려와선 안 됐나."

"그건, 아녜요."

나는 고개를 저었다.

"왜냐면 둘 다 쉽게 당할 만한 학생이 아니잖아요. 연락이 좀 안 터져도 자기들끼리 알아서 날뛰다가 상황을 복잡하게 꼬아 줄 게 뻔하다고요."

"……그건 그렇군."

스승님은 쓴웃음 짓고 시가를 입술에서 떼었다.

연기가 뻐끔뻐끔 오두막 천장에 떠올랐다. 나는 그 모습을 보면서 내내 궁금하던 점을 스승님에게 물어보았다.

"여기는, 과거의 세계일까요?"

"글쎄."

스승님이 갸우뚱했다.

"눈에는 그렇게 비치지. 피부로는 느껴져. 하지만 그렇다고 함부로 과거의 세계라고 판단할 게 아니야. 아무리 그래도 지나친 헛소리 아닌가."

"마술로도 그런 건 무리인가요?"

"흠."

스승님의 미간에 잡힌 주름이 깊어졌다.

바로 답을 내놓았다.

"결론을 말하자면 완전히 불가능한 건 아니야. 제5마법이나, 마법의 경지에 이른 대마술이라면 그런 현상도 가능하다는 말을 들은 적도 있어."

"……그럼, 아틀라스 원이라면 가능하기라도?"

"…………."

스승님이 침묵했다.

"아니, 술자만이라면 몰라도 마술에 협력도 하지 않은 타인을 과거로 보내는 건 어렵겠지. 그런 기술을 확립하려면 아틀라스 원만 가지곤 불가능해."

"만약 하트리스가 협력했더라도?"

"허황된 소리야."

스승님은 고개를 저었다.

"설사 이론적으로 가능하다 해도 법정과를 거느린 바르토멜로이가 귀족주의 전체에 호령해봤자 거의 이루어질 리 없어. 그만한 대마술일세. 마술 세계뿐만 아니라 표면 측의 전면 협력도 우선 불가결. 아무리 하트리스가 수수께끼 같은 능력을 지녔으며 아틀라스 원과 전면적으로 협력한들 그리 쉬이 성사할 수 있는 게 아니야."

"그래……요."

스승님이 그렇게까지 말한다면 확실한 것이리라.

적어도 나는 마술에 관한 스승님의 안목이 틀린 것을 본 적이 없다. 가설 단계에선 마냥 이렇다저렇다 왈가왈부하는 스승님이지만, 자신감을 가지고 단언한 사항에 대해선 거의 빗나가질 않는다.

물론 자신이 없는 사항을 하나하나 공들여 지웠으니까……라는 평소 부족한 자신감의 반동이기도 하겠지만.

"더불어 말하자면 라이네스도 이미 돌려보낸 뒤더군. 그건 새벽이었으니까."

시간순서 상으로 그런 시점인가.

스승님이 드물게 보는 강경한 태도로 라이네스를 시계탑으로 돌려보냈다던가, 아마 그런 투로 들은 것 같다.

"라이네스 씨를 돌려보낸 이유는, 역시 소제의 얼굴 때문인가요?"

"그래. 전에도 말했지만 자네의 얼굴이 과거의 영웅과 일치하는 것을 확인했어. 이 마을에 아서 왕에 기인한 보구가 현존한다는 사실도 말이지."

아까 벨사크도 했던 이야기다.

아서 왕과 나의 관련. 이 마을이 여태까지 이어온 역사. 애드를—— 그 내부에 봉인된 보구를 쓸 수 있는 자를 만들어 내겠다는, 너무나도 장구하기 그지없는 계획의 결말.

이미 그 의미마저 잊혀도 끔찍스레 계속하던 행위.

"……당시에는, 자세히 묻질 않았지."

스승님이 중얼거렸다.

"물었어야 했는데, 그럴 경황이 아닌 사건이 일어났기 때문이야."

"……네."

나는 끄덕였다.

스승님의 뒷말을 이어받았다.

"……내일, 이 마을에서, 소제가 죽기 때문이죠."

그것이 과거에서 일어난 사건의 끝.

스승님과 함께 고향을 떠나게 되어 시계탑에 발을 들이는 계기. 본래라면 스승님은 사건에 더 깊이 관여했을 것이다. 그러나 벨사크의 말과 당시 나와 마을 상황을 살펴서 사건을 팽개치고 시계탑에 함께 돌아가게 됐다.

스승님이 살짝 혀를 찼다.

"내일, 성당에서 자네가 말인가. 되짚어 봐도 기가 막힌 소리군."

"…………."

아아, 화가 난 건 알겠다.

즉, 이번에야말로 여기 내가 죽는 게 아닐까 추측했기 때문이다. 화내 준다는 사실에 무심코 기뻐하고 말았다. 내가 죽는 화제에 기뻐지다니 분명히 이상한 일인데.

"누가, 어째서 그런 짓을?"

후더닛(whodunit).

와이더닛.

스승님은 마술이 관계한 사건에선 와이더닛 말고 의미가 없다고 거듭 말했다. 그렇다면 이번은 어떠할까.

"……자네가 풀어야 할 허구의 수수께끼를 추구하라."

제피아의 말을 떠올리고 문득 중얼거렸다.

"그 말은, 그런 의미인 걸까요?"

"시답잖군."

스승님이 고개를 저었다.

"하지만 그런 도전장이 맞을지도 모르겠어. 아틀라스 원의 원장이 던진."

다시 말해 이런 거다.

내가—— 묘지기 그레이가 여기서 죽은 이유를 풀라고.

그때 죽어 있던 그레이가 누구였는지 나로선 모르겠다. 애당초 시체도 직접 본 게 아니다.

죽는 건 여기 나일까?

아니면 아직 보지 못한 쏙 빼닮은 타인일까.

지독하게 찜찜한 예감이 들었다. 억누르지 못한 오한은 골수까지 사무치게 느껴질 지경이었다. 지금까지도 이해하지 못할 사건에는 여러 번 휘말렸지만, 이번은 남다르게 예외적이다. 여하튼 자기 자신으로부터 솟아난 수수께끼라고 해도 무방하다.

"참으로 있을 법한 이야기지."

스승님도 끄덕였다.

"요컨대 그 수수께끼를 풀지 않는 한 이 과거 같은 장소
──일단 2주차라고나 정의할까──로부터 원래 세계로는
돌아갈 수 없다느니, 그런 부류의 도전장일까?"

"……네. 소제도, 그리 생각해요."

우리가 풀어야 할 수수께끼.

그 아틀라스 원의 원장이 우리에게 떠넘긴 질문.

반년 뒤의 마을에 왜 사람이 사라졌는지도 모르겠지만,
아마 그것도 비슷한 곳에서 발단한 것이리라. 어쩌면 닥터
하트리스가 제피아와 접촉한 이유 또한.

"좋아. 받아주지. 어차피 그 수수께끼엔 도전해야만 했
어."

"아, 네!"

스승님의 말에 힘차게 끄덕였다.

"그럼 어디부터 조사할까요?"

"어디 보자. ……과거와 같다면, 저녁에 벨사크와 한 번
더 만나기로 했지. 그 주변도 포함해서 일단 과거의 시간 순
서대로 일어났던 일을 적어볼까."

스승님이 재킷 속에서 수첩을 꺼내서 만년필로 거침없이
적었다.

"과거와 같다면, 중요한 사항이 하나 더 있어요."

그 모습을 보다가 나는 작은 소리로 덧붙였다.

"스승님과 라이네스 씨가 마을에 도착한 뒤로 3일째의──

오늘 점심에, 소제는 스승님을 따라가기로 결심했어요."

부끄러워서 얼굴이 화끈해졌다.

당시의 나는 얼굴을 싫어해 준 스승님에게 말을 걸었다.

그러자 우연이라고는 해도 자네 치부를 건드렸기 때문이라며 스승님은 본인의 목적도 이야기해 주었다. ——젊은 시절, 미숙한 채로 참전한 싸움에서 도저히 씻어낼 수 없는 과오를 저질렀다. 과오는 이제 바로잡을 수 없다. 어리석은 건 지금도 변함이 없다. 그러나 자신과 관계된 이들은 고상하고 긍지 높으며 보다 상찬받아야 마땅한 존재였다는, 그 증명을 하고 싶다. 그러기 위해서 블랙모아 묘지기의 힘을 빌리고 싶다고.

솔직히 당시에는 스승님의 말을 거의 이해할 수 없었다.

성배전쟁은커녕 마술조차 제대로 모르던 시절이다. 꼼꼼하게 설명을 받아도 아마 이해하지 못했을 것이다.

그렇지만 그 마음만은 전해졌다.

태어난 뒤로 한 번도 받아본 적이 없을 정도의 정열을 맛보고 말았다.

그리고 묘지기가 필요하다면 내가 맡아도 좋다고, 당시로써 보자면 믿기 어려운 말을 입에 담았다. 어머니와 벨사크를 어떻게 설득할지 생각도 안 해서, 지금도 그렇게까지 경도된 이유는 잘 모르겠다.

그러나 갑자기 인생이 바뀌는 일은 아마 누구에게나 있을 것이다.

이런 식으로 누군가를 그리워할 수 있다면 나도 거기 도움을 주고 싶다는 마음을 먹게 되었으니까.

단지, 딱 한 가지만은 약속했다.

──『소제의 얼굴은…… 싫어하는 채로 남아주세요.』

"……그랬었지."

스승님이 아주 살짝 웃음을 흘렸다.

나와 스승님의 연결고리는 거기서부터 시작되었다. 처음 만났을 때가 아니라, 서로 과오와 상처를 나누었을 때부터.

술술 스승님이 메모를 적어나간다.

시간 순서를 정리하면 이렇다.

1일째 아침: 엘멜로이 2세와 라이네스가 런던에서 출발하다.

1일째 저녁: 엘멜로이 2세와 라이네스가 벨사크와 만나고 마을에 도착하다.

1일째 저녁: 엘멜로이 2세와 라이네스가 성당을 방문하고 오두막에 묵다.

2일째 아침: 그레이가 엘멜로이 2세와 라이네스에게 마을과 묘지를 안내하다.

　2일째 점심: 엘멜로이 2세와 라이네스가 제피아와 만나다.

　2일째 저녁: 엘멜로이 2세와 벨사크가 회담하다.

　3일째 새벽: 엘멜로이 2세가 라이네스를 런던으로 돌려보내다.

　3일째 점심: 그레이가 엘멜로이 2세의 권유를 받다.

　3일째 저녁: 벨사크와 엘멜로이 2세가 대화하다.

　4일째 아침: 가짜 그레이의 시체가 발견되다.

　4일째 아침: 엘멜로이 2세, 그레이와 함께 마을을 탈출하다.

　"……흠."

　스승님은 적은 메모를 보며 끄덕이고 손가락으로 짚었다.

　"세세한 대화와 만난 인물에 누락은 있지만 우리가 취한 행동은 대강 이쯤 되는군."

　"……그런 것 같아요."

　라이네스의 이야기나 내 기억과도 일치한다.

　다시 보니 라이네스가 스승님과 함께 있던 건 3일째 새벽까지. 스승님이 내 고향에 있던 시간 중 7할 정도라는 말이 된다.

"과거와는 다른 패턴을 취할 수밖에 없군."

스승님이 말했다.

"역시, 늪일까요?"

"아니, 늪에는 터부가 있네. 터부 자체는 경우에 따라서 무시해도 되지만 모종의 마술적인 방위기구가 있을 가능성이 커. 플랫과 스빈이라면 대책을 취할 수 있을지도 모르지만 내 능력으로는 어렵겠지."

안 그랬으면 과거에 스승님이 분명 조사했을 것이다.

"그럼, 제피아는."

"음. 그쪽은 이 장소에 정신이 든 즉시 만나러 갔지."

"────큭."

한순간, 말문을 잃었다.

"스승님."

말에 살짝 분노가 섞이고 말았다.

성큼성큼 다가가 코앞에서 스승님을 쳐다보았다.

"그, 그레이."

기죽은 기색의 스승님에게 주먹을 치켜들었다.

고급스러운 재킷의 얇은 빗장뼈 근처를 툭탁 때렸다.

"소제가 옆에 없는데 위험한 짓 하지 마세요."

"크흠, 미안하네. 아니, 하지만, 그래도……."

스승님은 애매하게 말을 머뭇거리고 시선을 갈팡질팡하

다가, 이윽고 체념한 듯 눈을 감고서 머리를 숙였다.

"면목 없네. 나를 모르는 자네와 만날 용기가 없었어."

"…………."

치사해.

그런 투로 말하는 건 너무 치사하다. 치사하기 짝이 없어. 내가 바로 좀 전까지 무슨 심정이었는지 하나도 모르면서.

'툭탁툭탁툭탁' 하고 또 때리고 말았다.

어쩜 그럴 수 있느냐고 몇 번이나 그러고 말았다. 이 사람은 날 몇 번 울리려고 이러지?

고개 숙인 채로,

"……용서, 해 드릴게요."

간신히 말했다.

"고맙네."

"……그래서, 제피아는 어떻던가요?"

"음. 결국 부재중이더군. 본래의 3일째 이후에도 그하곤 만나지 못했으니 원래 그런 건지 아니면 이 2주차의 특별 조치인지는 모르겠지만."

스승님이 또 한 번 시간순서 메모를 확인하면서 중얼거렸다.

"오늘은 행상이 오는 날이라 마을 사람은 거의 다 마을 외곽의 광장에서 시간을 보내는 모양이군."

그렇다.

그 페르난도 사제와 시스터 일루미아가 성당을 떠난 것도 그런 이유다. 아마 어머니도 검은 성모에 기도한 뒤에는 광장으로 갔을 것이다.

그렇기에 과거의 나와 스승님은 그 성당에서 대화할 기회를 얻었다.

"좋아, 결정 났군."

스승님이 결론 내렸다.

"한 번 더 그 성당을 수색하자. 그레이."

3

휑뎅그렁한 성당은 초여름인데도 왠지 으스스했다.

아늑한 마을인데 뜻밖에 넓은 성당의 면적도 그에 박차를 가하고 있다. 나는 똑바로 마력을 다루는 훈련을 받지 못했지만, 이 장소에는 늘 침착한 인상을 받았었다. 마치 이 구획만 세계를 오려낸 것 같은, 그런 안심감을 느낀 적도 몇 번쯤 있었다.

빙글 둘러보고 스승님이 중얼거렸다.

"기억대로 아무도 없군."

"작은 마을이니까 뭘 훔치는 사람도 없어요. 그래서 일일이 문단속하지도 않았어요."

"……그렇군. 뭐, 우리에겐 형편이 좋지."

장의자 사이를 걸으며 스테인드글라스를 올려다보고 제

단을 만진다. 으슥하게 놓인 제병(祭餠)용 접시나 잔도, 하나씩 꼼꼼히 확인해 나갔다.

그리고 물론 가장 안쪽에 비치된 검은 성모를.

"전에는 물을 여유가 없었지만 궁금했었지. 이 성당은 페르난도 사제가 관리하는 것 같은데, 옛날부터 그런 건 아니었나?"

"……네. 페르난도 사제님은 몇 년 전에 파견되신 분이니까요. 시스터 일루미아는 더 최근으로, 작년에 오신 참이에요."

"흠. 자네를 신성시하는 마을 사람들과 비교해서, 페르난도 세자와 시스터 일루미아의 태도가 다른 것도 그 때문이고?"

"……네."

그래서 페르난도 사제는 내 얼굴에 관해서도 흥미를 보이지 않았다.

호오(好惡) 어느 한쪽이 아니라 무관심했다. 수도 없이 얼굴을 맞댔어도 그들은 마을 내에서는 외부인에 불과하다. 10년이나 20년 더 지나면 다른 교회에 부임할 따름. 그들의 기억에는 조금 별난, 폐쇄적인 마을로만 남을 것이다.

"즉, 교회가 검은 성모를 준비한 게 아니라 먼저 검은 성모가 있고 나중에 그걸 중심으로 성당을 세웠다는 뜻인가? 지방의 특수한 종교가 중앙과 타협하는 패턴으로선 일반적이지만…… 아니, 애초에 아틀라스 원이 나온 이상 성당교회 단독이라는 편이 오히려 말이 안 되나?"

스승님이 턱밑에 손가락을 짚고 눈을 가늘게 떴다.

난처하게도 여느 때처럼 생각에 잠길 기색이라 살짝 안도감을 느끼고 말았다. 혼자가 외로웠던 바람에 묘한 반동이 일어난 느낌이다. 잠투정 부리는 스승님 응석 같은 걸 받아 줘도 좋을 게 없으니 마음을 다잡아야지.

"어쨌든 사람이 돌아오지 않는 틈에 조사해 보도록 하지."

검은 성모를 꼼꼼하게 관찰했다.

처음에는 거리를 두고 전체를, 이윽고 확대경도 사용해 차근차근 검사했다. 품속에서 꺼낸 시약은 늘 가지고 다니는 모양이다. 가볍게 먼지를 털고 그 시약에 넣어 색의 변화 등을 하나하나 확인했다.

"특정 마술의 영향 내에는 있는 것 같은데…… 이 상 자체가 발생지점은 아니군. 굳이 따지자면 중계점에 가까워."

그렇게 말하고 이번엔 가는 금속 사슬을 꺼냈다.

끝부분에는 자수정의 추가 달려 있다. 잘그락 소리를 낸 사슬이 곧 호를 그리기 시작했다.

"다우징이에요?"

나도 강의에서 배운 적이 있는, 극히 초보적인 마술이다. 조사 및 탐색에 쓰이는 것으로 유명하며, 마술 세계가 아니더라도 우물 및 석유를 찾아내는 데 쓰인다던가.

"당시 가지고 있던 물건도 그대로여서 말이야. 그때는 설마 자네와 만날 줄은 생각지도 못했으니 쓸 여유가 없었지만."

스승님이 어깨를 으쓱였다.

즉, 당시도 성당을 조사할 속셈이긴 했던 모양이다. 그 타이밍에 행상에 끼지도 못하고 성당에 당도한 나와 조우한 것이리라. 살짝 운명적이라고 생각한 당시의 내가 약간 부끄러웠지만 이 수치심은 줄곧 담아두고 싶다. 어차피 스승님이 깨달을 일은 없을 테니. ……라이네스 정도라면 얘기해도 괜찮을까.

몇 호흡가량 자수정의 원을 확인한 뒤.

"이쪽이다."

빙글 성당을 걷기 시작했다.

검은 성모상 뒤였다. 스승님이 비좁은 틈새에 몸을 욱여넣고 손으로 대충 먼지를 털었다. 극히 평범한 돌바닥이라 눌러도 때려도 변화는 없었다.

"……아무것도, 없네요."

"흠. 역시 그만큼 단순하진 않나."

잠시 생각에 잠겼다가 스승님은 한 번 더 다우징 체인을 손끝에 늘어뜨렸다.

하얀 손가락에 얽힌 사슬은 왠지 모르게 두 마리 뱀을 떠올리게 했다.

이번에는 꽤 길었다.

스승님이 눈을 감은 채로 사슬은 미동도 하지 않았다.

"왜 그러세요?"

"이미지의 문제야."

답변이 돌아왔다.

"다우징의 결과는 의식·무의식 포함해 술자가 지각하는 정보와 링크하고 있네. 그에 따라 아까는 2차원적인 지도를 머리에 그렸지만, 이번엔……."

말하는 중에 갑자기 자수정이 빙글 부자연스럽게 꼬였다.

극히 일부만이지만 묘하게 부풀어 오른 진동.

"이쪽이군."

제단을 벗어나 스승님은 옆의 문을 열었다. 케케묵은 계단을 내려가 복도 모퉁이를 돌자 와인 등을 놓아둔 저장실에 이르렀다. 성찬에는 빵과 와인이 필수이기에 당연히 이성당에도 보존되어 있다.

"여기가, 어쨌는데요?"

"……저쪽인가."

스승님의 손아귀에서 수정이 흔들렸다.

번갈아 보다가 와인이 진열된 선반을 움직여 그 아래 융단을 들추었다. 뜻밖에 가벼워 보인 건 빈 병이 많기 때문일까.

스승님이 별다를 것 없는 바닥을 노려보았다.

"이 지하실은, 아까 제단 바로 아래로군."

천장을 쳐다보는 스승님.

"원래는 다른 장소에 그 검은 성모가 놓여 있었을지도 모르겠어."

"……그건, 움직여도 괜찮은 건가요?"

"술식에 따라서도 달라지지만 성상 위치를 다소 이동해도 대체로 문제없네. 지역에 따라서는 신을 이동하기 위한 전문 마술이 있을 정도니 말이야."

말하던 스승님이 한 번 더 바닥을 어루만졌다.

힘을 주고 꾹 밀었다.

이번에는 바닥이 휙 기울다가 그대로 옆으로 빠졌다.

"……계단?"

휑뎅그렁한 공간과 함께 맨흙이 드러난 계단이 바닥 아래로 열렸다.

*

행상은 붐비고 있었다.

작은 트럭이 단 두 대뿐. 운전수를 포함해도 여섯 명 정도의 방문이지만 마을로서는 달마다 한 번, 일종의 축제 같은 격이었다. 입구는 프리마켓과 비슷한 상황이 되어 백 명 가까운 사람들이 군집했다.

아이들이 떠들썩하게 웃고, 어른들은 새로운 물품을 겨냥하며, 노인들은 조금 떨어진 장소에서 그 모습을 따스하게 지켜보고 있었다. 행상은 일종의 위문 활동도 겸하고 있는지 자그마한 라이브 연주 등도 제공하고 있었다.

그러나 그 행상에는 마을 대다수가 모르는 기능도 있었다.

싸구려 바이올린에 들떠 있는 마을 사람 틈새를 누비며 행상 중 한 명이 마을 주민과 접촉한 것이다.

그리고 몇 가지 대화도 주고받았다.

"사제님."

"오오. 벨사크 선생도 오셨을 줄이야."

"고장 난 라디오의 부품이 필요해서 말입니다. 잡화점에다 떨어졌더군요."

"하하하, 그건 고생하셨겠습니다. 오늘은 이따가 댄스 같은 것도 있다던데요."

"공교롭게도 축제에는 익숙지를 않아서 바로 물러갈 작정입니다."

"그건 아쉽습니다."

"그런데 그레이 녀석은 안 왔습니까?"

"아니요. 아침에 성당 앞에서 본 뒤로 한 번도 못 봤는데요."

"그렇군요. 그럼, 다음에."

쌀쌀맞게 말을 주고받고, 몇몇이 인사하고, 다시 헤어진다.

"안녕하시오, 시스터 일루미아."

"어머, 안녕하세요."

"방금 행상인과 말씀을 나누시던데, 뭔가 약속이라도?"

"아뇨. 도시 친구로부터 편지를 배달받았을 뿐이에요."

"오오. 펜팔이라니 부럽구려. 난 이 마을 말고는 몰라서."

"이 마을은 좋은 곳이에요. 저야말로 부럽죠."

"하하하. 수녀님께서 그리 말씀해 주시면 기쁘지. 내게는 여기밖에 없으니 죽을 때까지 여기가 제일이었다고 믿고 싶은 바라오."

"네, 꼭 그럴 거예요."

잡화점의 노인과 헤어진 뒤로 시스터 일루미아는 화제에 오른 봉투를 들어 올렸다가 살며시 눈썹을 찡그렸다.

"……아아, 왔구나."

애틋한 입술로 속삭였다.

그리고 또 하나.

마을에서도 가장 나이가 지긋해 큰할머님이라고 존경받는 노파였다.

주위 말대로라면 백 살을 거뜬히 넘겼을 터다. 오래된 민족의상을 갖춰 입은 그녀는 무척 조그맣게 보인다. 마치 인형 같았다. 어마어마한 주름과 주름 틈 사이로 눈도 코도 입술도 묻혀 있었다.

그 큰할머님의, 시든 잎사귀 같은 입이 움직였다.

"지하에서, 목소리가 들려."

"지하에서 말인가요."

"그려. 멀고 먼 목소리지. 내가 어렸을 적에 딱 한 번만 듣고 지금껏 못 잊은 목소리야."

노파의 말은 낮게 기어가는 것 같았다.

그야말로 백 년 전 옛날에서 전하는 목소리 같기도 했다.

"그레이는, 잘 이루어졌구먼."

"……네."

여자는 행복하게 미소 지었다.

애타게 그리던 연인을, 수십 년 만에 맞이한 신부 같았다. 얼굴에는 각별히 눈에 띄는 구석이 없었지만, 활짝 밝은 꽃이 핀 것처럼 보이기도 했다.

"이제야, 그 아이 때가 온 거군요."

그레이의 어머니였다.

4

지하의 계단을 내려가면서 나는 몇 번씩 주위를 확인했다.

단단히 보강은 되지 않은 흙벽이다. 자연스레 생긴 걸지도 모른다. 희미하게 젖은 손의 감촉이 비좁은 느낌과 압박감을 괜히 더 불리고 있었다.

"여기는……."

"자네도 모르는 곳인가?"

스승님이 묻는 말에 살짝 몇 번 끄덕였다.

"……처음, 봤어요."

"그렇군."

스승님이 중얼거렸다.

"노파심에, 공기를 확보해 두지."

스승님의 손가락이 움직이고 주문을 외웠다.

선선히 바람이 통하는 감촉이 피부에 전해졌다. 입구에서 신선한 공기를 순환하게끔 스승님의 마술이 작용한 모양이다.

그만 신기한 기분에 젖어 쓴웃음 짓고 말았다.

"왜 그러지?"

"아뇨. 웬일로 스승님이 마술사답다 싶어서."

"이류에겐 이류 나름의 사용법이 있네. 지금에 와서는 과학의 힘이 싸고 써먹기 쉬운 게 대부분이라고 해도 말이야."

퉁명스러워진 스승님이 손을 들자 이번에는 옅은 빛이 켜졌다.

일단 앞을 내다보기에는 충분한 광량이다.

"발자국은 있군."

스승님이 든 빛이 발밑을 비추기 시작했다.

땅바닥에는 몇 번씩 발로 다진 흔적이 생생하게 남아 있었다. 오래고 오랜 세월, 많은 순례자를 맞이한 것 같은 그 흔적에 나는 작게 목을 꿀꺽거렸다.

"성당의 본체가 이쪽인가. 아니면 이곳을 숨기기 위한 성당인가."

심장 고동이 시끄러웠다.

내가 모르는, 내가 사는 마을의 정체.

이 앞에 들어서도 되는 거냐고, 또 하나의 내가 속삭인다.

자신과 쏙 빼닮은 시체가 나타난 이유를 알아도 되겠느냐고 묻고 있다.

그것은, 너무나도 두려웠다.

충분히 각오하고 왔을 작정이었는데, 내 뇌가 다 받아들이지 못하고 있다.

이런 지하도가 정말로 자신의 세계에도 있었던 걸까? 제피아가 가공한 엉터리가 아니냐는, 시답잖은 생각을 계속 불어넣는다.

하지만 발은 멈추지 않았다. 가슴팍을 꼬옥 움켜쥐면서 한 걸음씩 나아갔다.

"……옛날, 세계 대다수에서 지하란 저승 그 자체였지."

걸으면서 스승님이 중얼거렸다.

길은 어디까지 이어지는가. 도중에 몇 번씩 길이 구불거렸다가, 오르락내리락해서 방향감각도 확실치 않다. 한없이 내려간 거리는 벌써 수십 미터는 될 법하지만, 실은 거의 내려가지도 않았다고 해도 수긍이 갈 것 같다.

"저승이라고도 음부라고도, 혹은 그림자 나라라고도 부르는 사람이 있었겠지. 어느 것이든 간에 죽음의 세계와 현실은 잇닿은 곳이라 마음만 먹으면 걸어서라도 갈 수 있는 장소였어."

라이네스의 이야기에서도 스승님이 그런 강의를 했던 기억이 났다.

그래. 우리는 죽음의 밑바닥으로 가고 있다.

내 발이 우뚝 멈추었다.

"영인가?"

"아, 아뇨."

나는 고개를 젓고 다시 한번 지하도 앞을 바라보았다.

"텅텅…… 비었어요."

사실 나는 그 어떤 곳이라도 영의 존재를 느낀다.

이 지구에 사람이 죽지 않은 장소라곤 거의 없고, 그 오랜 숨결을 새기지 않은 장소도 몇 없다. 내가 겁을 먹는 건 그 농도의 문제였다. 영으로 전락해도 현실을 유린하는 생생한 아욕이, 무서워서 견딜 수 없기 때문이다.

죽어 있는데 생생하다니, 그 모순이 두렵기 때문이다.

하지만 여기는 이상하다.

영의 에너지는커녕 희미한 마력의 파문조차 느껴지지 않는다.

이만큼 발자국이 남아 있으니 모종의 잔류사념 정도는 들러붙기 마련이다. 언어로 읽어낼 수 있을 수준은 아니어도 넌지시 알 만한 수준의 파동은 남는다. 그런데 이 앞에는 텅텅 빈 공허밖에 남지 않았다.

이건, 도대체──.

갑자기 좁은 지하도가 활짝 트였다.

놀랍도록 넓은 공간이 눈앞에 나타나고 동시에 스승님이

굳어 버린 것을 알 수 있었다.

나도 신음을 죽이는 게 한계였다.

넓은 공간 곳곳에 대량의 뼈가 흩어져 있었다.

그것도 한두 구가 아니다. 수십, 수백은 될까 싶은 방대한 수의 인골이다. 내다보는 곳 전부에 인골이 굴러다녀 발 디딜 곳조차 없는 꼴이었다.

"……블랙모아의 묘지."

스승님이 나지막이 중얼거렸다.

침을 삼키고 천천히 눈동자를 움직이다가 무릎을 꿇었다.

스승님은 꽃처럼 지면을 가득 메운 인골들을 하나씩 비교해 보면서 멍하니 말을 남겼다.

"만약…… 지상이 아니라…… 이쪽이 묘지의 본체라면……?"

"……엇?"

"아니, 애초에 이건 묘지가 맞나? 시계탑에서도 지하는 특별해……. 그건 지표와 달리 신비가 어느 정도 아직 결정화해서 남아있기 때문이지……. 그럼 이곳도 그러한 게……."

스승님의 중얼거림과 함께 공간에 이변이 발생했다.

뼈가 흔들렸다.

보이지 않는 실이 조종하듯이 저마다 떠오르며 조립되었다.

그렇게 뼈의 병사들이 속속 일어섰다. 어느 것이나 같은 뼈로 이루어진 무기를 들고 있었다. 혹은 검이며, 혹은 창이고, 혹은 활과 화살이었다. 아마도 옛 시대의 병사였을 거란 사실만은 그 장비를 보아 이해가 갔다.

이것들이 마력을 탐식하고 있었나.

해골 병사 한 구가 우리 쪽으로 돌아서 검을 치켜든 순간, 터지듯이 몸이 움직였다.

"──스승님, 비켜요!"

한순간 불안하게 여겼지만 후크로부터 풀린 애드가 변형했다.

루빅큐브 같이 회전하며 곧장 나타난 큰 낫이 가까스로 해골 병사의 검을 막았다.

찌릿찌릿 손이 저리는 위력에 무심코 눈을 부릅떴다.

그뿐만 아니라 해골 병사들은 잇달아 이리로 돌격해 왔다.

'영이, 아냐⋯⋯?'

그 모습에 눈이 휘둥그레졌다.

강대한 힘과 비교해 아집이나 망집이 너무 옅다. 이승에 매달리는 영이란, 짙은 감정 그 자체라고 해도 된다. 묘지기의 임무란 그런 감정을 다스리는 행위라고 해도 틀린 말이 아닐 것이다.

이런 식으로, 정연하게 행동하는 영은 기본적으로 있을

수 없다.

　그렇다면 이건 무엇인가.

　내가 맞서고 있는 것은, 대체 뭐지?

　"영기(靈基)가…… 부족한 건가?"

　스승님이 속삭였다.

　"……뭐죠?"

　"아마도, 단순한 영과는 다른 존재일 걸세. 주위 마력이 공간에 새겨진 기록대(記錄帶)로 흘러들어 뼈를 매개로 겨우 그럴싸한 형체를 만들고 있는 모양이군. ……그래, 이래선 마치 서번트의 실패작이야."

　스승님의 신음에 침을 꿀꺽 삼켰다.

　그렇다면 이 기이한 능력도 수긍이 간다. 야수 같은 속도. 차갑게 연마된 살의와 움직임. 과연 옳다. 마술사의 사역마라기보다 서번트의 실패작이라는 편이 합당하리라.

　거의 동시에 깨달았다.

　또 하나, 있었다.

　잇달아 일어서던 해골의 병사들 뒤에서 딱 하나, 명백하게 양상이 다른 인영이 우리 쪽을 관찰하고 있었다.

　"어……?"

　우리도 거의 동시에 그 인영을 바라보았다.

　마치, 그 소녀는.

　그림자 영령들을 거느린 여왕 같은, 그 모습은.

금속 가면을 쓰고 있어 그 민낯은 보이지 않는다. 그렇지만 그 서 있는 모습은 너무나도 흡사했다. 수도 없이 거울에서 보았던── 산산이 깨져 버렸으면 좋겠다고 여기던, 영락한 말로. 옛 영웅을 본뜨고 만, 어느 촌구석 계집애의 결말.

【왜, 왔지?】

목소리가 아니다.
그러나 그렇게 질문받았다고 느꼈다.

【아직 때가 이르다. 미래의 왕은 깨어나지 않았다. 너는 지상, 나는 지하. 거기서 기다리고 있어야 마땅하지 않느냐.】

물음에 아무 대꾸도 할 수 없다.
대꾸할 말이 감히 있을 리가.
'혹시…….'
단지 의혹만이 맴돌았다.
'혹시 그때, 그곳에서 죽어 있던 건…….'
그 의심이 먹구름처럼 떠올라 사고를 물들였다. 그곳에서 죽어 있었을 나 자신. 그러나 그 생각을 말로 표현하기보다 먼저──.

【돌아가거라.】

가면의 소녀가 몸을 빙글 돌렸다.

동굴 더욱 깊은 곳으로 떠나간다.

"기다려!"

일어섰다.

해골 병사들이 그것을 막으려 몰려들었다. 한두 구라면 몰라도 십여 구씩이나 되면 쓸어 버리기엔 이 낫으로는 불리하다.

'——파성추로!'

"애드, 제1단계 응용 한정 해제!"

손을 번쩍 치켜들었다.

마력을 담아 낫 형태를 뒤집도록 정신을 모았다.

그러나 돌아온 반응은 변화가 아니라 쉬어버린 숨결이었다.

"미안…… 그레이……."

"애드?"

간신히 들린 상자의 목소리에 기쁨보다 불안이 앞섰다.

그런 음성이었다. 본래는 내서는 안 될 것을 억지로 밀어낸 것 같은.

"애드?!"

그 뒤로 대답은 뚝 끊겼다.

형태 또한 낮에서 변하지 않았다.

줄곧 침묵하던 애드는 이번에야말로 숨을 거둔 것처럼 모든 반응을 정지하고 말았다.

"그레이!"

"―――큭!"

스승님의 외침에 덮쳐드는 해골 병사의 칼날을 반사적으로 피하면서 내 의식 또한 동결되었다. 도대체 무슨 일이 일어났는지 전혀 모르겠다. 아니 반쯤은 알고 있는데 그 사실을 도저히 받아들일 수 없다.

휘청거리며 무릎에서 힘이 빠졌다.

신체의 『강화』가 제때 맞추지 못했다.

아아, 주위 마력을 흡수하는 기능조차 절반 이하로 떨어져 있었다. 애초에 이 자리의 마력 자체가 극단적으로 적으니까 지금의 나는 보통 마술사와 별반 다를 바 없다―――.

"윽, 그레이!"

스승님의 손이 옆으로 휘둘러졌다.

가까스로 마력을 굳힌, 허약한 마탄이 해골 병사를 때렸다.

그러나 그런 건 견제밖에 되지 못한다. 실패작이라고 해도 서번트 같다고 표현되는 대상이다. 스승님의 마술로 어떻게 할 수 있을 턱이 없다. 이번에야말로 지키기 위한 힘이 필요한데, 내게서는 일어나기 위한 기력마저 빠져나가 있었다.

"애드! 애드! 애드……!"

글렀다.

아무 반응도 없었다.

그 사실이 지옥의 용암처럼 폐부를 태웠다. 칼날보다 날카롭게, 화살보다 깊숙이, 내 심장을 찌르고 있었다. 늘 얄미운 소리나 하는 상대가 없다는 상상은 어떠한 상처보다 장렬하게 내 정신을 깨부수고 있었다.

"애드! 부탁해 애드!"

큰 낫을 껴안으며 외쳤다.

이 한순간, 모든 것을 잊고 나는 어린애처럼 울부짖었다.

"일어나, 애드!"

큰 낫이 갑자기 빛을 냈다.

5

성당 내부에서 한 장의 봉투가 팔락거렸다.

조금 전 행상으로부터 건네받은 편지였다.

그 편지를 여봐란듯이 들어 올리고 시스터 일루미아가 새치름히 턱 끝을 들며 캐물었다.

"……아시겠죠, 사제님."

"네."

페르난도 사제는 끄덕였다.

이 교회에 부임했을 때부터 그러한 가능성에 관해서는 주의를 받았다. 그러나 실제로 자기 대에 그 가능성이 싹틀 줄은 몰랐다. 진즉에 풍화했을 관습은, 결코 결실을 보지 못한 채로 부패하고 끝날 줄로만 알았는데.

아아, 아니다.

알고 있다. 눈을 돌리고 있었을 뿐이다.

자신이 부임했을 적에 이미 그 소녀는 변화하고 있었다. 그렇다면 이리될 확률은 결코 무시할 수 없었다. 오히려 이 수백 년 남짓 중에선 가장 높던 것이 아닐까?

"만약 때가 무르익고 말았다면, 저는 이 토지의 성손을 죽이게 되겠죠."

수녀와 함께 걸으면서 페르난도 사제가 십자를 그었다.

"한때 이 토지에서 블랙모아라고 이름을 대던 강대한 사도가 우리 선현의 손으로 저 너머로 인도되었듯이."

잠시 뒤에 둘 모두 멈춰 섰다.

지하의, 보존실이었다.

와인 한 병이 떨어져 깨진 곳에서 새어 나온 술이 바닥에 뚫린 구멍으로 떨어지고 있었다.

"아아, 역시……."

사제는 얼굴을 가렸다.

"하트리스라는 작자가, 말하던 대로 되었나요."

*

벨사크는 오두막집에 돌아온 뒤 느닷없이 고개를 들었다.

까마귀 울음소리를 들은 것이다.

"……영영 없으리."
^{네버모어}

혼을 나른다는, 흉조의 새.

그는 그 새들과 함께 줄곧 살아왔다. 필시 그 목소리를 들으며 죽겠거니 여겼었다. 선조들이 남김없이 그랬듯이 자신도 블랙모아의 묘지기로서 짊어진 사명을 후계에 넘기고 아무것도 이루지 못한 채 썩어 문드러질 거라고.

그러면 족하다고도 여겼었다.

현대적이지는 않지만, 벨사크도 이 시간이 멈춘 것만 같은 마을이 뜻밖에 마음에 들었었다.

전부, 그 소녀가 바뀌기 전까지의 이야기다.

벨사크는 까마귀 울음소리가 특별하다는 것을 이미 깨닫고 있었다.

"……그레이."

메마른 입술이, 메마른 목소리로 이름을 중얼거렸다.

억누른 줄 알았는데, 새어 나오고 말았다.

"이 날에, 이 밤에, 오길 바라지 않았다."

벨사크 블랙모아는 오두막집에 기대어놓았던 도끼를 천천히 들어 올렸다.

전장(轉章)

인과는 뒤엉킨다.

　시간은 뒤얽힌다.

　거의 모든 이들의 안구에는 비치지 않으나 그것은 복잡하게 둘러쳐진 실처럼 서로 영향을 주고 있다. 사람들은 각자의 흐름에서 각자의 의지로 그 인과와 시간을 매고 이음으로써 살아가고 허물어지다가 이윽고 죽음에 이른다.

　——하지만 이곳에 그 실을 응시하는 자가 있다.

*

　어디인지도 알 수 없었다.

저녁나절이었지만 실제로 그런지도 알 수 없다. 최소한 시각상으론 그렇게 인식하고 있을 뿐. 과연 시간이 흐르고 있는지도 수상쩍은 고요한 공간에 좀비의 습격을 받는 듯한 신음과 함께 손이 올라왔다.

"으으으으으으으으, 교수님 아녜요. 좀비에는 끈끈이, 러버링 액션에는 낚싯대가 있어야……."

"……그래, 깨어났나."

말이 내려왔다.

그 소리에 신음하던 소년이 꿈틀꿈틀 들썩거리다가 일어났다. 눈을 쓱쓱 비비고 케이프를 두른 남자의 이름을 머릿속으로 검색하는 데 몇 초가 더 걸렸다.

"아, 망했다! 모르는 사람이네요, 당신!"

"흠. 자기소개한 기억은 없으니 그 물음은 옳군."

남자는 끄덕였다.

"설마 거기서 술식에 간섭할 줄이야. 아틀라스 원의 구성은 근본부터 시계탑과는 달라. 그런데 거의 즉흥으로 해석하고 역류까지 해치웠어. 솔직히 마술사의 실력과는 거의 관계가 없는 영역이지만 상식에서 벗어난 건 틀림없군. 대체 자네들은 누구지?"

"넵! 플랫 에스카르도스와, 르 시앙이랍니다!"

"그러니까, 너! 태평하게 자기소개하지 마! 아니 그보다 내 이름은 그거냐!"

등 뒤에서 또 한 명의 곱슬머리 소년이 고함쳤다.

"아니 그치만, 인사는 인간의 기본이라고 교수님이 그랬잖아! 르 시앙의 마력이 없었으면 그런 건 억지로 간섭할 수도 없었고!"

"하라고 말 안 했어! 맘대로 남의 마력을 뜯어가서 악용한 건 네 소행이잖아! 내가 협력했던 것처럼 퍼뜨리지 마!"

왁왁 소란피우는 소년들을 내려다보고.

"아하. 역시 소문으로 듣던 엘멜로이 교실인가."

남자는 수긍했다.

"자네들 두 사람은 그 시점의 마을에는 없었으니 말일세. 재연에 적용할 수 없었어. 대단히 미안하네만 그 사실을 받아들여 주길 바라네."

"무슨 소리죠?"

"말한 바와 같네."

시선을 옮겼다.

바로 옆에 수정구슬 같은 구체가 떠 있었다. 표면에는 어딘가 어두운 경치가 비치고 있는데, 아무래도 남자는 그 영상을 줄곧 바라보고 있었던 모양이었다.

뿌옇게 비친 사람의 모습에 플랫도 눈을 부릅떴다.

"교수님! 그레이?!"

"……그런데 기실 나 역시 저건 상상하지 못했어. 무수한 각본을 준비하고 무수한 결말을 감수해 왔지만, 이와 같은 장면은 생각해본 적도 없었지."

남자의 눈매가 천천히 가늘어졌다.

"건넨 수수께끼는 지극히 심플해. 예상한 바로는 이들은 그 수수께끼를 해결하게 되지. 저곳에서 숨진 소녀에 대해 찾게 될 거야. 어째서 그녀가 죽었는가, 왜 그 시간이었는가, 지하의 묘지와 마을에 숨겨진 해묵은 수수께끼를 향해 매진하게 됐을 걸세. 탐정 소설이라면 친숙한 흐름이지. 그들의 사상과 성능(스펙)으로 배역을 주면 늦든 빠르든 어떤 식으로나 당도해. 물론 성패와는 별개니까 그 과정에서 그들이 죽을 가능성도 컸지만."

한없이 유창하게 연금술사가 읊었다.

"아아, 어쩌면 자네들 탓일지도 모르겠군. 노파심에 말해두면 화내는 게 아닐세. 무대와 배우의 트러블, 관객의 반응 여부에 따라 극이 천변만화하는 것이야 당연한 노릇이지. 애드리브가 하나도 없는 극은 완벽할지도 모르지만 살아있질 않아. 적어도 생물이 하는, 생물에게 보여주기 위한 극은 살아있어야 마땅하지."

말의 의미는 이해할 수 없다.

이 남자의 말은 남자 안에서 완결하고 있다. 타인에게 건네는 말이 아닌 이상, 표층의 의미와 실제 의미가 얼마나 동떨어졌는지는 짐작할 수도 없다. 애당초 수백 년 이상 존재하고 있는 괴물과 정말로 언어 개념을 공유하고 있는지도 미심쩍은 노릇이다.

"하지만…… 그런데, 아아, 불규칙 요소란 참으로 그립군."

도취와 함께 목소리는 흘러나왔다.

제피아 엘트남 아틀라시아는 그것을 마냥 바라보고 있었다.

*

애드로부터 뿜어진 빛은 한순간.

그러나 나는 훨씬 오래 굳어 있었다.

스승님도 그 현상에 숨을 멈추고 있었다. 우리 앞에 새로 나타난 사람의 모습은 그만큼 충격적이었다.

백은의 기사. 마치 동화 같은——.

"……이보라고."

기사가 검을 들어 올리며 탄식했다.

칼날이 뻗쳤다.

날카롭고 굳세기로는 마치 야수의 발톱으로 착각할 지경이었다.

지하의 암흑에 은빛 선이 몇 가닥 뻗자 덮쳐든 해골 병사들이 곧바로 거꾸러졌으므로.

"자기 생각밖에 못하는 녀석들이군. 억지로 불러 내린 거냐. 예의를 모르는 데에도 정도가 있지. 덕분에 영기도 똑바로 안 만들어졌잖아."

그 모습은 몹시 애매했다.

아마도 본래는 서번트와 같은 영체겠지만, 전에 본 페이커와는 다르게 멀쩡히 구현화하지 못했다. 갑옷이든 피부든 온몸이 흡사 안개에 휩싸인 것처럼 몽롱하고 흐렸다.

"애당초 다른 기사들이라면 몰라도 영령 따위 엿 먹으란 나를 재현해서 어쩌잔 거야. 죽지 않는 기사도 아니지. 부지런한 일꾼도 아니지. 기껏해야 이놈들 세 명 몫의 힘밖에 없어. 뭐, 멍청한 거인이라면 세 치 혓바닥으로 모가지쯤은 따주겠지만."

멋대로 떠들면서도 기사의 검은 교묘하게 해골 병사들을 처리하고 있었다.

강하다. 확실히 페이커 같은 초인적인 신체 능력이야 없긴 해도 그 기술은 달인이라고 해도 무방하다. 오랜 세월에 걸쳐 정식 훈련을 받고서, 허다한 전장을 넘나든 자가 지닌 솜씨.

"아아, 아니지. 그게 아닌가. 네가 나를 깨운 거군. 스스로 마력을 휘두를 구조도 아닐 텐데 주인 생각 한번 끔찍하게 하는군."

기사는 내가 든 낫을—— 잠든 상태의 애드를 내려다보았다.

"……당신은…… 누구신가요."

물어보자 크게 어깨를 으쓱거렸다.

"이히히히히히히! 누구냐니, 그거 말이 심하잖아! 오래 알고 지냈으면서 왜 그래, 굼벵이 그레이!"

그 목소리에 대경실색하며 몸이 뻣뻣해졌다.

잠든 애드가 아니라 기사가 낸 말이었기 때문이다.

기사가 손바닥으로 자신의 관자놀이를 두드렸다.

"이크. 같이 잠잔 지 오래된 만큼 좀 섞였군. 원래 안 이랬는데, 아무렴 어때. 딱히 오리지널 흉내를 꼭 내야 하는 것도 아닐 테고 사람이란 변할 때는 변하는 편이 그럴싸하지."

뒤돌아선 즉시 기사가 검을 휘두르자 다시 해골 병사가 쓰러졌다.

"아무래도 동류로 보이는데 피차 이런 꼬락서니잖아. 봐 달라고."

기사가 가볍게 가슴을 두드리고 예를 표했다.

동시에 나는 기시감과 고양감 또한 느꼈다.

이 마을에 있었을 적, 단 하나뿐이던 친구. 입만 열면 나를 놀려먹고 수도 없이 굼벵이 그레이라고 부르던, 그 상대.

어째서 그에게 품은 것과 같은 감정을 이 기사에게 느끼는 것일까.

몸짓이나 말 하나마다 참지 못할 그리움을 느끼는 것일까.

"일단 케이라고 이름이나 기억해 둬."

흐릿한 얼굴로 기사가 키득 웃었다.

그리고 나는 어느 전설을 기억해 냈다.

그 『십삼구속』에서 언급한, 맹세 중 하나.

서 케이—— 아서 왕의 의붓형이 같은 이름으로 불렸다
는 것을.

후기

산다 마코토

——인간이란 죽음과 마주할 수밖에 없는 법.

이는 그 누구라도 결국 들여다보는 심연이라.

그러므로 정의하겠다. 『사후의 궁전』이자 『이승과 통하
는 창문』. 다시 말해 무덤이란 인간이 만들어낸 극소의 사
후세계였다.

이야기는 마침내 이곳에 이르렀습니다.

이 에피소드는 제1권부터 암시하던 그레이의 고향, 그 영
웅과 인연이 깊다는 묘지로 다가섭니다.

무덤이란 인류의 공통개념임에도 그 대우에는 문화권마다
생각 외로 큰 차이가 있습니다. 종교의 차이는 물론일뿐더
러, 예를 들자면 묘지를 생활권 가까이 둘지 멀리 둘지, 상을
지내는 기간의 개념, 산에 둘지 숲에 둘지, 주위 수원의 유
무, 권력구조의 관여 등, 다양한 변모점이 존재하지요.

현대에도 무덤 및 장례는 가장 가까우면서 비일상적인 마

술 중 하나라고 할 수 있을 겁니다.

또한 이번 중반부에 등장한 게스트에 놀란 분도 많이 계시지 않나요? 동시에 '너, 너, 27조였을 텐데…….' 하고 생각하신 분도.

그런 이유로, 이하부터 스토리 누설에다 매니악한 내용이라 단락을 나누겠습니다.

─────────내용 누설─────────

   아틀라스 원의 원장, 제피아 엘트남 오베론(혹은 아틀라시아)은 『월희』에선 27조라고 불리는 특별한 흡혈귀였던 존재입니다.

   그러나 얼마 전부터 여러 작품에서 공개되고 최근은 칼데아 에이스의 CD 드라마 및 *타케보키 일기에서도 언급되었기에 이미 아는 분도 계시겠지만, Fate 세계와 월희 세계는 근본적인 부분부터 여러모로 차이가 있습니다.

   그래도 그렇지 이건 너무 예상 밖에다 중대안건이었어요……. 여하튼 사건부 1권보다 전에 나스 씨가 털어놓았을 때, 스핀오프의 작가진도 다 같이 굳어 버렸을 정도니까요. 이하는 늘 써먹는 재현 극장(전 작가 대사 감수 마침).

   키노코: "아, 실은 말이야. Fate 세계에는 27조는 27조가 안 됐거든."

   작가진: "…………!!!!!????" (전원 경직&무슨 말을 들었는지 이해 못함)

   키노코: "27조가 27조일 수 있는 건 월희가 기반인 세계뿐일세. 반대로 월희 세계에는 서번트 같은 황당

*타케보키는 Fate 시리즈의 원작자 나스 키노코와 타케우치 타카시의 공동 홈페이지다.

한 사역마가 없지 않던고?"

산다: "*컴플리트 머테리얼은―?!"

키노코: "그건 인리소각 때문에 금서가 됐다. 아, 맞다. 나리타 씨의 Fake는 신경 안 써도 되느니. 양쪽 중간에 있는 특수 영역이라서."

나리타: "아, 아, 네. 가, 감사합N ㅣD ㅏ……?"

키노코: "근데 산다 씨의 사건부는 설정 준수해 줘. 설명하려면 길어지는데, 월희 R이라면 요 부분은……."

산다: "웨잇 웨잇 웨잇! 키노코 웨잇! 지금부터 질문사항 적어서 전원 공유용 요약서에 정리할 테니까 키노코 웨잇!"

키노코: "에이, 귀찮은데―. 그보다 이 피자 맛있다."

히가시데: "허허허, 이 사람은 완결했으니 뒷일은 잘 부탁하겠네."

사쿠라이: "(신중하게 질의응답을 들으면서) ……저도 일단 영향은 없는 것 같네요. 휴."

그만한 충격을 받은 날은 달리 없었을지도 모르겠습니다. 앗, 아니, 있었던 것 같은 듯한 기억도…….

---

*「Fate/complete material」시리즈. Fate 시리즈의 원화 및 설정 등이 담긴 서적으로, 여기서만 밝혀진 시리즈 관련 설정도 있다.

Fake 4권 후기와 같이 읽어주시면 그쪽과 이쪽이 『뭐가』
다른지 일부분 아시리라 생각합니다. 나리타 씨 쪽이랑 함
께 비명을 터트리며 설정의 아귀를 맞추거나 어디가 다르냐
고 확실히 따지는 작업은, 학교축제 전야같이 즐거운 시간
이었지요.

─────내용 누설 이상─────

본편에선 드디어 종반으로 넘어가기 위한 도움닫기가 시작되었습니다.

결과적으로 이야기 분위기도 살짝 변했죠. 지금까지 다룬 사건들은 독립적으로 완성되어서 어디서부터든 읽을 수 있게 배려했었지만, 이번 제6권부터는 지금까지 나온 이야기에 바탕을 두고 성립된 글입니다. 새로 사건부를 사시는 분께선 다소 주의해주세요.

옛날, 『TYPE-MOON Fes.』의 열기에 충동질 되어 집필하기 시작한 『로드 엘멜로이 2세의 사건부』는 제일 새로운 『Fate/stay night』의 제5차 성배전쟁을 향해 속력을 올립니다. 그들의 속도에 모쪼록 제 펜이 따라잡을 수 있기를.

덧붙여서 알고 계실 분도 많겠지만 『영 에이스』에서 『로드 엘멜로이 2세의 사건부』의 만화판이 발표되었습니다. 맡아주신 분은 아즈마 토우 씨. 저도 『폭풍의 꽃, 구름의 노래』의 필치에는 전율했기에 결정 소식을 들었을 때는 놀랐습니다. 이쪽도 모쪼록 기대해 주세요.

끝으로 으스스한 시골이라는 사건부의 새 측면을 그려주신 사카모토 미네지 씨. 이번에도 꼼꼼하게 마술을 고증해주신 미와 키요무네 씨, 플랫 등의 대사를 감수해주신 나리타 료고 씨, 나스 씨, 타케우치 씨, OKSG 씨를 비롯한 TYPE-MOON 제작진분께 감사를 드립니다.

그리고 물론 이 제6권을 집어주신 당신께도.

하권은 겨울 무렵에 보내드릴 수 있을 것 같습니다.

2017년 6월

시로다이라 쿄&카타세 챠시바의 『허구추리』를 읽으면서

역자 후기

『로드 엘멜로이 2세의 사건부』한국어판 제6권을 구매해 주셔서 감사합니다. 불초 역자입니다.

어김없이 이번에도 TYPE-MOON 내 고유명사를 포함해 주석에 넣지 못한 용어에 대해 해설하고자 합니다.

§ 영영 없으리 (Nevermore)

에드거 앨런 포의 시 『갈까마귀(The Raven)』의 후렴구에서 유래합니다. 레이븐, 즉 도래까마귀를 다루는 작품은 수 없이 많으며, 동시에 이 후렴구 또한 거의 약방의 감초처럼 따라다니고 있죠. TYPE-MOON 작품에서는 블랙모아라는 고유명사와 밀접한 관계가 있습니다.

§ 몬세라트의 성모

스페인의 몬세라트 산(Montserrat)에 위치한 몬세라트 수도원에 있는 검은 성모상을 가리킵니다. 전설에 따르면 9세기 말에 목동이 산속의 동굴에 있는 성모상을 발견했고, 그 것이 수도원의 기원이 되었다고 전합니다. 몬세라트 수도원은 스페인뿐만 아니라 유럽에서도 위상이 남다른 가톨릭 순례지이기에 몬세라트의 성모 또한 검은 성모(블랙 마돈나) 중에서 특히 유명한 사례로 꼽힙니다.

§ 르 퓌의 성모

프랑스 르 퓌앙블레(Le Puy-en-Velay)에 위치한 르 퓌성당의 검은 성모상을 가리킵니다. 본래 시성을 받은 것으로 유명한 13세기 프랑스의 왕 루이 9세가 증여한 성상인데, 프랑스 혁명 당시 파괴되었지요. 현전하는 르 퓌의 성모상은 이후 복원한 것입니다.

여담이지만 르 퓌앙블레가 있는 오베르뉴 지방에는 검은 성모의 조형이 여럿 존재합니다. 이들 검은 성모들은 과거 아직 분석 기술이 발달하지 않았을 적에는 단순히 세월을 타서 검게 변색한 것으로 여겨졌지만, 기술이 발달한 20세기에는 원래부터 검은색이었다는 사실이 밝혀져 비교종교학과 민속학, 오컬트 등에 많은 영감을 주었습니다.

§ Hello boys! I'm Back!

영화 『인디펜던스 데이』의 등장인물 러셀 케이스의 통쾌한 대사입니다. 외계인이든 뭐든 지구는 함부로 들어올 곳이 못 됩니다.

§ 타타리 (タタリ)

본문에 주석을 달았듯이 일본어로는 신이나 악령의 역정을 사서 입는 화를 뜻하는 단어인데, TYPE-MOON 작품에서는 또 다른 의미 또한 부여되어 있습니다. 격투 게임 『MELTY BLOOD』에서 어느 강력한 사도와 그가 사용하는 고유결계의 이름에 이 단어가 붙어 있죠.

§ 다우징 (Dowsing)

L자 및 Y자로 구부러진 막대기 및 펜듈럼 등으로 수맥, 석유, 광상 등, 땅속의 보이지 않는 자원 및 보물을 찾아내거나, 더 나아가서는 지도상에서 유괴된 사람의 위치까지 찾아낼 수 있다고 주장하는 기술입니다. 선풍기 밀실살인만큼 워낙 유명한 유사과학이라서 진실로 효과가 있다고 믿는 사람도 많지만, 극 중에서 마술의 일종으로 나왔다시피 기실 오컬트에 가깝습니다.

이상입니다. 본편에 더해서 독자 여러분께 잔재미를 드릴 수 있으면 좋겠습니다.

로드 엘멜로이 2세의 사건부 6
「case.아틀라스의 계약(상)」

2019년 08월 13일 제1판 인쇄
2020년 03월 20일 2쇄 발행

지음 산다 마코토 | **일러스트** 사카모토 미네지

옮김 정홍식

발행 영상출판미디어(주)
등록번호 제 2002-000003호
주소 21311 인천광역시 부평구 평천로 132 (청천동)
전화 032-505-2973(代) | **FAX** 032-505-2982

ISBN 979-11-6466-346-0
ISBN 979-11-319-5925-1 (세트)

LORD EL-MELLOI II CASE FILES Volume 6
ⓒTYPE-MOON
First published in Japan in 2017 by KADOKAWA CORPORATION, Tokyo.
Korean translation rights arranged with KADOKAWA CORPORATION, Tokyo.

구매 시 파손된 도서는 구매처에서 교환하실 수 있습니다.
기타 불편사항, 문의사항이 있으신 독자님께서는 노블엔진 홈페이지
[http://novelengine.com] 에서 Q&A 게시판을 이용해 주시기 바랍니다.